素材採取家の異世界旅行記

MATERIAL COLLECTOR'S ANOTHER WORLD TRAVELS

8

木乃子増緒

KINOKO MASUO

謎の美女
タケルがピンチの
時に現れる(?)、
不思議な美女。
ビー
タケルの相棒の
子ドラゴン。タケルと
カニが大好き。
ブロライト
見た目は絶世の美女だが、
中身はおっさんという
残念エルフ。
タケル
ひょんなことから
異世界で「素材採取家」
となった本作の主人公。
食べることと
お風呂が大好き。

主な登場人物
エルギン
鬼人族《オグル》の大男。
心優しい力持ち。
色黒。
クレイストン
顔が怖い
ドラゴニュートの戦士。
本気の戦闘時は
魔王化する。
スッス
冒険者ギルド
「エウロパ」に所属
している
小人族の職員。
口癖は「〜っす」。
プニさん
古代馬《アルタトゥムエクルウス》という偉い馬の
神様。見た目は
美女でも、やっぱり馬。
よく食べる。

＋＋＋＋＋

三寒四温《さんかんしおん》の候《こう》、皆様、健《すこ》やかにお過ごしでしょうか。

トンデモ異世界マデウスに来てから早いものでもうすぐ一年。素材採取家としてマイペースに冒険者をやっている、タケルです。俺は、元気です。

マデウスに転生し、東の大陸グラン・リオの北端にある、辺境ド田舎《いなか》トルミ村に降り立ったのがつい昨日のことのように思います。

信頼できる仲間ができました。頼り頼られる友人もできました。くだらないことで笑い合える友がいるのは恵まれていることなのだなと、強く思うようになりました。

そりゃそうだよな。

マデウスでは町の外を歩くだけで命の危険があるのだから、友人とはすなわち背中を預けられる大切な存在にもなるわけだ。

そんな頼りがいのある仲間と共に日々危険な依頼《クエスト》に出向いているのだが、仲間というのは親密になればなるほど遠慮がなくなっていくもの。ええ、そうです。アイツら俺のこと料理人としか思っていないんだ。獰猛《どうもう》なモンスターが襲ってきたら、まず俺に食えるか食えないかの判断を仰《あお》ぐ。そこまではいい。食えると判断したらば、味付けやら焼き加減やら事細かに注文をつけ、戦闘中なのに早く作れと言い出す始末。

ほんともうマイペースで自己中すぎて困る。それを許している俺がいちばん馬鹿。それはわかっている。嗚呼《ああ》、嗚呼。

だがしかし、そんな日々を送れていることが幸せなのだなと。

俺は最近になって思うことができた。

不思議世界トンデモマデウスに染まりつつあるということだろうか。

なんてな。

1　凍雲《とううん》、白く大地染め

冬が来た。

異世界マデウスにも四季があり、春夏秋冬がある。

春に咲く花が咲いたら春が来た。夏に実る作物が採れたら夏になった。枯葉が舞い散る姿を見て精霊の祭りと言っては秋を感じ、雪が降ったら大地が休息する冬が訪れた証拠。

そんなふうに感覚的に四季を捉える一方で、グラン・リオ大陸の大半を統《す》べるアルツェリオ王国内では、暦《こよみ》が定められている。

だが、それが必要とされているのは、王都近辺や大都市のみ。

小さな村や集落ではまだまだ一般的でない。肌を掠《かす》める風や木々の色づき、作物の育ち具合などから季節の微妙な変化を感じているのだ。


アルツェリオ王国の首都、王都エクサルに滞在していた俺たち冒険者チーム「蒼黒《そうこく》の団」は、国王であるレットンヴァイアー陛下の命を救い、王国内に巣食う悪《あ》しき者ども（クレイ談）を断罪することに成功。これは素晴らしい働きだということで、陛下から「黄金竜」という名の称号をいただいた。

国内最高峰の称号である黄金竜が、冒険者チームに与えられるのは史上初。とても名誉なことでとても誇らしいことではあるが、おかげで依頼が受けづらくなってしまった。

黄金竜をいただいた冒険者チームに、素材採取のような簡単でつまらん依頼なんぞもったいないのだとか。

その代わりに、貴族の見栄《みえ》や自尊心を満たすための夜会や晩餐会《ばんさんかい》に出席せよとの依頼が押し寄せた。

素材採取家である俺に素材採取をさせるな等とふざけた話だし、王都に滞在する限り俺たち蒼黒の団は、貴族たちの見栄の道具にされてしまう。

そんなわけで、雪が降る前にチームの拠点があるトルミ村に帰ろうということになった。

トルミ村に帰る前にベルカイムに寄り、頼まれていた土産物《みやげもの》をギルドに置いていこうとしたらば――


「おうタケル！　聞いたぞ、黄金竜だって？」

「すっげぇよな！　黄金竜だぜ？　冒険者チームで史上初！　さっすが栄誉《えいよ》の竜王《りゅうおう》！」

「えっ？　それってすごいことなの？」

「バッキャロー、お貴族様が大金出したって貰《もら》えねぇ、とんでもねぇ代物なんだぜ！」

ベルカイムの大門に馬車を寄せたと同時に、顔見知りの警備隊が一斉に飛び出した。

彼らは馬車を取り囲んで、口々に俺たちを褒《ほ》め称《たた》える。

やれ黄金竜はどういう竜なんだとか、王様は恰好よかったのかとか、報奨金はいくら貰ったんだとか。

あれこれこれはどうしたことかと不思議に思いつつ、俺たちは馬車に乗車したままギルド「エウロパ」に向かった。

そしてギルドの裏口に馬車を停車させて内部をこそこそとうかがうと、そこは大量のやじ馬で溢れ返っていた。

広いギルドの受付には、明らかに冒険者ではないだろう一般人も押し寄せている。ギルド職員たちはその対応に必死で、まるでベルカイムにゴブリンが攻めてきた時のような慌て様《よう》だ。

緊急の依頼《クエスト》でも飛び込んできたのかと思えば——こちらでも人々は大門と同じように黄金竜について口にしていた。

無駄口を叩いている冒険者が大嫌いな熊獣人のウェイドが、ギルドの受付前の壁を叩き壊す勢いで殴りつける。

「用のないヤツらは出ていけ！　オラァ！　依頼を受けないヤツらも邪魔だ！」

ギルドの事務主任のウェイドはイラついていた。大きな拳を叩きつけた壁は、ぼこりと穴が開いてしまっている。

ウェイドの怒鳴り声は、ギルドマスターのロドルより迫力がある。

ギルドの窓ガラスがびりびりと振動し、ウェイドの怒鳴り声に慣れていない一般人は蜘蛛《くも》の子を散らすように出ていった。

なんというか、今更ながら黄金竜ってすごいんだなと……

俺たちが黄金竜を授かったという情報は、王都にあるギルドからどうにかこうにかしてベルカイムのギルドへと伝えられたのだろう。人々は皆口々に黄金竜はどんな竜なのかと言っている。

いやいや、黄金竜は称号の名前であって、ビーのような生きた竜ではないからな。

アルツェリオ王国の大公閣下であるグランツ卿が無理やり押し付けてきた——と言うとクレイが怒るので黙っておく——名誉ある称号だが、こうも周りが騒がしくなってしまうのは困りものだ。

そんなわけで俺たちは裏口に馬車を停めたまま降りずにいたのだが、それを見つけたのは、受付主任で狐獣人のグリッドだった。

「……タケルさん？　クレイストンさん？　皆さん、ご乗車されていますか？」

グリッドは大きな身体を屈め、こそこそと移動し、誰も座っていない御者台に向かって声をかけてくれた。

「はいはい、グリッドさん、ただいま」

御者台の後ろにある窓を少しだけ開き、俺は顔だけ出してグリッドの声に応える。

グリッドは満面の笑みを浮かべるのと同時に、立派な耳と尻尾《しっぽ》をこれでもかと垂らし、深々と頭を下げた。

「お帰りなさい皆さん、お疲れ様でした」

「大門の警備隊も知っていたようだけど、グリッドさんも黄金竜については知っている……よな？」

「申し訳ありません。それにつきましては、全て私の監督不行き届きなのです……」

グリッドは騒ぎについて察してくれたのだろう。ますます頭を下げ、地面につける勢いだったが、俺はそれを制する。

心底申し訳なさそうに話を続けたグリッドによると、真相はこうだ。

俺の予想通り、王都のギルドから伝達があったらしい。エウロパ所属の冒険者チーム、蒼黒の団が王様より黄金竜の称号をいただいたと。

前代未聞の情報に引っくり返るほど驚いたのが、たまたま情報を受けた事務員の少年。その少年が情報の確認をと頼ったのが、お喋《しゃべ》り好きな受付事務員の少女だった。

ギルド内の情報は秘匿《ひとく》義務があり、うかつに外部に漏らしてはならない。誰かの命に関わるような事態になるかもしれないからだ。

だがしかし、この少女は喜ばしい情報だと考えて大声で叫んでしまった。

大声で叫んだ場所は、ギルドの受付で……

「あちゃー……」

「ピュウゥ……」

王都でも似たようなことがあったなと、俺とビーは頭を抱えた。

＋　＋　＋　＋　＋

「すまねえ！」

ギルド専用の厩《うまや》から事務所内に入り、三階にあるギルドマスターの執務室に移動した俺たちを待っていたのは、巨人《タイタン》の謝罪。

ギルドマスターである巨人《タイタン》族のおっさん、ロドルは偉そうに胸を張って笑った。それ、謝罪とは思えないぞ。

「俺ぁ頭を下げることに慣れてねぇんだ。まあ許せ」

「マスター！　それではちっとも謝罪になりませんよ！　申し訳ありません皆さん」

笑い続けるおっさんを叱り、代わりとばかりに頭を下げるグリッド。

「グリッドよ、我らに謝罪など無用。悪気があったわけではなかろう？　済んだことをとやかく言うても仕方がない」

そう言って苦く笑うクレイは窓辺に立ち、外の景色を眺めている。ギルド一階の受付はまだ騒がしいようだ。

「ほうらグリッド、栄誉の竜王は狭量《きょうりょう》な男ではないと言っただろう？」

「それにしても、我々の失態であることに変わりはありません。まったく、新人教育をウェイドに任せていたツケが回ってきたということですね」

「ショゲるなショゲるな！　だけどな、黄金竜の授与っつったら……平穏な世の中になってからははじめてのことなんだぜ？　誰もが喜ぶってもんだろうが」

「それはそうですが」

「飴《あめ》ちゃんをもっとよこしなさい」

プニさん空気読んで。

おっさんとグリッドの会話に割り込んだプニさんは、大皿に出された飴玉だけを食べ尽くして両手を差し出した。

俺は鞄《かばん》から飴玉の入ったガラス瓶を出し、それをブロライトに手渡す。ブロライトは心得《こころえ》たとばかりに飴玉を取り出してプニさんに与えた。

「ロドルよ。我らがベルカイムに寄ったのは、頼まれた荷を届けに来ただけだ。しばらくはトルミの拠点へと戻り、そこで冬を越そうと思う」

クレイはそう言って背負っていた荷袋を床に下ろすと、中を開いて確認させる。中身は、ギルド職員があれやこれやと注文してきた王都土産だ。

「越冬はベルカイムでなさるのだとばかり……いいえ、そういうわけにもいきませんよね。せっかく立派な拠点をお造りになられたのですから、そちらで休まれたほうが良いでしょう」

とても残念ですが……と言ってグリッドは微笑んだ。

続けてロドルが言う。

「この騒ぎもヌクヌクの花が咲く頃にゃ静まると思うぜ」

ヌクヌクの花は春にだけ咲く青い花だ。蜜が甘くて美味い。

クレイに渡された荷袋の中身を確認しながら、ロドルは懐《ふところ》から丸い石を取り出した。占いで使われるような、水晶玉に似ている。

「タケル、こいつをテメェに預ける」

そう言ってロドルから手渡されたそれは、わずかな魔力を帯びていた。

何かしらの魔道具《マジックアイテム》なんだろうなと、ロドルの説明を黙って聞いたのだった。

2　雪原の、真白《ましろ》の世界に咲く泡と

グラン・リオ大陸北部にある、ルセウヴァッハ領。

南北に長いこの大陸の最北端に位置するここは、冬になると雪と氷に支配される。アルツェリオ王国内全土に雪が降るのかと思いきや、南部にある王都エクサルではほとんど降らないらしい。まるで日本列島のようだな、なんて。

懐かしの故郷に思いを馳せつつ、トルミ村に温泉を造っておいて良かったなと心底思った。冬を迎えたトルミ村で室内で身体を拭くだけの日々。そんなの俺は耐えられそうにない。

俺たちは今、雪に覆われたトルミ村に来ている。

曇天《どんてん》の分厚い空からちらちらと白い雪が舞い落ち、大地を純白へと変えていく。

三日連続で降り続いた粉雪は、はじめこそ綺麗だと思っていたが、こうも降り続けると飽きる。寒いし。

身の丈を超えるドカ雪ではないけれど、雪が降れば必ず積もった。寒さはじっとりと手足の末端から冷えていくような感じ。とんでもなく寒くて家の外に出たら即死、なんて気温にならなくて良かった。ほんと良かった。

冬の間は屋内でひっそりと過ごし、屋内でできる仕事をするらしい。冒険者業も休む者が多いとのこと。

トルミ村では、人々は主に編み物や干物《ひもの》の加工、木工細工などをして過ごす。

だが俺はじっとしているのは性に合わない。そりゃぐうたらするのは好きだが、四日も続ければ飽きる。

そんなわけで暖かく過ごせるよう、徹底的に防寒対策をしまくった。

トルミ村の全戸を修復し、隙間風を完全封印。全ての家々にはもともと暖炉があったけど、その暖炉には長く燃え続けるダウラギリクラブの甲羅を配布。おまけに一定の温度を発し続ける小さな加熱《ヒート》の魔石を精製。暖かさが全身を包み込むよう、結界《バリア》効果も追加した。

この魔石を毛糸で編んだ巾着《きんちゃく》に入れれば、携帯懐炉《かいろ》のできあがり。巾着を作ったのは編み物上手なエリザ。いつも俺の靴下を編んでくれる人。この携帯懐炉が大評判でしてね。

そもそも寒さが苦手なクレイに作ってやったものなんだけど、ブロライトが面白がって欲しいと言ったのだ。ブロライトが持つのならわたくしも持ちましょう、なんて訳わからんことをプニさんが言い出し、仲間外れはずるいとビーが抗議。

結局、自分たち全員のぶんを作って携帯していたわけだが、寒さに震えていた村の子供たちを見つけて俺の良心がちくちくしたわけで——

「これで何個目？　あと何個作ればいい？」

大きなビー玉サイズの加熱魔石《ヒート》を数えきれないくらい作り、うんざりしながらブロライトに問う。

ブロライトは両手の指を使って数え、宙を見つめてうーんと考え、ニカッと笑った。

「あと八十ほどじゃな！」

そんな元気いっぱいの笑顔で言うんじゃない。

既に三百個以上は作っているというのに、まだそんなにあるのか。

朝から集中して魔石ばかり作っているから、そろそろくたびれた。俺の魔力は無尽蔵じゃないんだよ。

なんて心の中で愚痴《ぐち》りながらうんざり顔をして肩を落としていると、囲炉裏《いろり》で魚を焼いていたセレナが言った。

「あはははっ、タケル、あんたが言い出しっぺじゃないか。あたしたちはとってもありがたいから、頑張れとしか言えないよ」

セレナはトルミ村レインボーシープ飼育係の一人であり、エリザの親友。トルミ村奥様軍団の筆頭でもあり、村の女性たちのまとめ役でもある。ちなみに、トルミ村村長の奥方様。恰幅《かっぷく》の宜《よろ》しい巨体をゆさゆさと揺らしながら豪快に笑った。

彼女の言う通り、言い出しっぺは俺だ。トルミ村の全住人と、ヴィリオ・ラ・イとフルゴルの郷に住むエルフたちの携帯懐炉を作ろうと提案したのだ。

トルミ村を住み心地よい安全な場所に変えてくれた恩は、エルフたちにまだまだ返せていない。

いくら寒暖に強いエルフとはいえ、それでも寒いのが苦手な者もいる。それなら携帯懐炉をあげようと俺が言ったらば、我も手伝うと村の半数以上の住人が手を挙げてくれた。

「頑張るよ……頑張るけども、ちょっと休憩！」

麦茶の匂いがする畳に大の字に寝ころぶと、待ってましたと子供たちが集まってきた。子供たちは、ブロライトが王都で購入し、土産としてあげたカードゲームを手に、遊ぼうと誘う。

土間で遊んでいた子供たちは、半袖短パンという軽装だ。

俺たちが暖を取り、俺が必死に携帯加熱魔石《ヒート》を作っているここは、トルミ村にあるチーム蒼黒の団所有の屋敷。

一階の大広間は村の住民に開放していて、常日頃から人々が集まり、憩《いこ》いの場として重宝《ちょうほう》されている。

広間中央の大きな囲炉裏では、焼き魚や焼き芋、鍋料理などが作れる。囲炉裏の熱だけでも暖かいのに、部屋の隅に配置した加熱魔石《ヒート》を利用した暖房器具のおかげで、室内は汗ばむほどの暖かさ。

村人たちは蒼黒の団が屋敷にいる時は遠慮をして大広間に来ないが、今日は手分けして毛糸の巾着を作るために集まっている。編み物が得意な女性と、手先が器用な男性が数名。あと寒いのが苦手な年寄りや子供たちなどなど、数十名が集《つど》っていた。まるで町内の公民館。

ブロライトとプニさんとビーはこの場でくつろぎ、クレイは村の地下空間に造ったレインボーシープの小屋で飼育担当エルフたちの手伝い中。昨日は俺が掃除の担当だった。

「おうタケル、茶が入っているから飲めよ」

「タケルさん、焼いたココの実をお食べよ。甘くて美味しいよ」

「プニちゃんもお食べ。アンタ、こういうの絶対に好きだからね。冷たいのとどっちが好きだい？」

寝ころんだまま子供たちとカードゲームをはじめた俺に、村人たちが、温かなお茶や甘い木の実を出してくれた。

俺たちチームにとっても、ここは憩いの場。

俺たちがトルミ村のこの屋敷に滞在するたび、村人たちは交代で家事や炊事《すいじ》を引き受けてくれるのだ。そんなの気にしなくていいと言っているのに、普段危険な仕事をしているのだから、ここにいる間はとにかく気を抜いてくつろいでくれと。

はじめこそ気を遣っていたが、今はもう既に実家状態。三食炊事の心配をしなくていいって、これ最高。上《あ》げ膳《ぜん》据《す》え膳《ぜん》超最高。

「むっ……これは甘いです。もっとよこしなさい。わたくしは温かいほうが好きです」

「あはは、そうかいそうかい！　きっとプニちゃんが気に入ると思って、行商人からたくさん仕入れておいたんだよ」

馬の神様であるプニさんは、無感動無表情なのになぜか気に入られている。

村人たちからプニちゃんプニちゃんと気安く呼ばれ、料理の味見などを頼まれるのだ。料理を作る者たちは舌が肥《こ》えているプニさんを喜ばそうと、美味しいものを食べた時の微笑みを見ようと、より美味しいものを競って作るようになった。

おかげでトルミ村で作られる料理はどんどん美味しくなり、村人たちはちょっとだけ肥えた気がする。


「ねえねえタケル兄ちゃん、もっかい見せて。真っ赤な石が光るの」

「あたしも見たい」

カードゲームに飽きた無垢《むく》な子供たちは俺に魔石を作れと無邪気にせがんできた。手のひらの上で作られる魔石は、輝きを放ちながら次第に大きく丸く姿を変える。その工程が面白いようだ。

魔石を作り出すのは難しい作業ではない。いや、実際はとてつもなく難しく、修業を重ねた一部の魔導士や錬金術師が作り出す特別なものなのだとクレイに叱られ頭を殴られた。なぜに殴る。

恐ろしく難解な作業らしいのだが、できるもんはできるのだから仕方がない。

魔石とはすなわち乾電池のようなもの。魔道具《マジックアイテム》という名の機械を動かす動力源だな。何を目的として作るのかが大切で、握り飯を作る工程と似ている——と、クレイに言ったら再び頭を殴られた。酷い。

口で説明するのは難しいんだ。こう、両手でおにぎりを作る形を取るだろう？　んで、空気を固めるイメージで意識を集中。加熱《ヒート》魔石を作りたい。暖かくなるようにしたいと電球のフィラメントを想像して、こねくりこねくり。

一定の大きさになったら身体全部を包む結界《バリア》を追加し、こねくりこねくり。

全ては強い想像力。映画で魔法使いとかが魔法を使う時、こういうふうにしていたじゃないか。

ミスリル魔鉱石のような媒体魔石があれば作業はもっと楽になるのだが、貴重な品をホイホイと使うなと雑貨屋の主人ジェロムに叱られた。足りなくなったらボルさん家《ち》に貰いに行けばいいと言ったら、クレイにまた頭を殴られた。理不尽。

「ふわああ……あったかくなってきた！」

「ここ、あたしここがいちばん好き！　綺麗ねえ、夕焼けみたい」

「みーえーなーい！　あたま邪魔ー！」

魔石作りは集中しなけりゃならんというのに、お子様たちの騒ぐ声がすさまじい。これで三百数十個目の魔石作りにもかかわらず、まったく飽きずに作業を見守ってくれている。黙ってくれたらありがたいのだが、この騒がしい声にも慣れてしまった。

一つを作り出すのに数分。はじめはもっと時間がかかっていたが、今ではプロ並みの腕前。プロの魔石職人が魔石を作り出すのにどんくらい時間を要するのかはわからないけども。

輝きを放っていた魔石が次第に光を失い、深紅《しんく》の塊《かたまり》になったらできあがり。

「できたー！　できたよー！」

「できたできたー！　夕焼け色！」

「僕が袋に入れる！」

「いやあ！　あたしが入れるのー！」

「静かになさい！　毎回毎回！」

子供たちはできあがった魔石を奪い合い、巾着袋に入れたいと騒ぎ、大人たちが魔石を取り上げて子供たちを黙らせるまでが一連の流れ。

我儘《わがまま》を言う子もいるが、泣き叫んで暴れる子は一人もいない。大人の言うことは絶対で、従わないと魔獣に食われると脅かされるのだ。怖い。

「兄ちゃん、次、次」

「いや待て、ちょっと待て待て」

目を輝かせながら催促をしてくる子たちを、俺は笑顔で制止する。さすがに疲れた。

お子様らの体力は大人の想像を絶する。電池が切れるようにパッタリと眠ってしまうまでには、あと数時間はかかるだろう。それならば、新たに興味を引くものを提案してやればいい。

「魔石を作るのはちょっと休憩。その代わり、シャボン玉で遊びなさい」

「さぼんだまー？」

「なにそれなにそれー」

鞄から石鹸《せっけん》とボウルを取り出し、ボウルの中にぬるま湯で溶かした砂糖水を注ぎ入れる。それにナイフで削った石鹸を入れれば、石鹸水のできあがり。

王都で売られている高級石鹸を削るのは少しもったいないが、安物の石鹸だと粘り気が足りない。割れにくいシャボン玉を作るには、グリセリンの成分が必要。高級石鹸は安い石鹸よりも保湿が良い。ということは、それだけグリセリンが多く含まれているんじゃないかと。

石鹸水をガキ大将であるリックにかき混ぜさせ、続いて鞄から取り出したのはフキ。俺が勝手にフキと呼んでいる山菜であり、味はフキそっくり。細長い茎は中央に穴が開いていて、ちょうどストローの代わりになるのだ。

フキを等間隔に切り、その一つを石鹸水に端っこだけ浸《ひた》してから反対側を口に咥《くわ》え空気を送り込めば、石鹸水がぷくりと膨らむ。

「わああっ！　すごいっ！」

「なにそれぇぇっ!!　どうやったの？　どうして？」

「タケル兄ちゃん、やらせて！　やらせてーーっ！」

一斉に群がる子供らを落ち着かせながら、石鹸水が入ったボウルを土間に運ぶ。せっかくの麦茶畳を汚されたらかなわん。

子供らは魔石の精製なんてすっかり忘れ、シャボン玉に夢中。よしよし、これでだらけられる。

「ピュピュ」

子供らの相手をしていたビーも、羽を伸ばして畳に大の字。シャボン玉で遊ぶ子供らのスタミナは、まだまだ切れることはなさそうだ。

外は雪。俺のスネくらいまで降り積もっている雪のせいで、村の通りは人一人が歩けるくらいの道しか作られていない。雪かきして道を作ったのは俺です。加熱魔石《ヒート》をユグドラシルの杖の先端につけ、触れたら雪はどろりと溶ける。これで全戸を回って雪道を作った。

外で遊べない子供たちは、鬱憤《うっぷん》が溜まる。その鬱憤が俺やビーにぶつけられるわけで。

雪が村に積もらないようにしても良かったが、それは駄目だと村長に言われた。

この村に住む限り、ある程度の苦労も経験しなければならない。楽ばかりしては、厳しい冬を生き残ることなどできないと。

俺としてはもっともっと楽をしたかったんだが、村長に駄目と言われたらそれまでだ。村で過ごす限り、村長や住人の意思を尊重しなければ。

「これは面白いな！　もそっと大きな玉を作ってみるのじゃ！」

「ブロライトさまより大きな玉を作るよ！」

「あたしも負けないんだから！」

子供らに交ざってシャボン玉で遊ぶブロライトは、目を輝かせてはしゃいでいた。

エルフ族の隠れ郷、フルゴルの郷から遊びに来ているエルフの子供も数人いる。トルミ村の子供たちは種族の違いなんて気にせず、エルフたちと兄弟姉妹のように接してくれていた。

エルフの郷の子供らにもシャボン玉液をあげようかな。どうせ作ってくれとせがまれるだろうから。

鞄の中からガラス瓶を出し、新たなる石鹸水を作るためボウルも取り出す。

セレナにちっとも休めないね、なんて笑われながら石鹸を削っていると——

「タケル、いるか？」

土間の扉がガラリと開き、雪にまみれた雑貨屋のジェロムが入ってきた。

広間の気温は一定に保たれるよう設定してあるため、扉が開いたところで冷気が吹き込んでくることはない。その一方で、囲炉裏の火で一酸化炭素中毒にならないよう、空気の循環もしている。

「どしたの？」

「こいつが光っていたぜ。エウロパから持たされた魔道具《マジックアイテム》なんだろ？」

頭の雪を払い落としたジェロムは、懐からこぶし大の光り輝く石を取り出した。ただの石というより、水晶玉のような透明な石。

その石が光を放ち、点滅を繰り返していた。

ギルド「エウロパ」のギルドマスター、巨人《タイタン》のロドルが俺に手渡した水晶玉が、これ。「通信石」という石であり、遠く離れた場所にいる者と話ができる優れた魔道具《マジックアイテム》。

すごいだろうとドヤ顔をされたのだが、ああ、電話ね、と大して感動をしなかった俺は叱られた。こんだけ貴重な品をギルドから譲渡されるのだから、もっと驚け、感動、感謝をしろと。

いや、マデウスにも便利なものがあるじゃないかとは思ったけど、特に驚きはしないって。もしも電話ではなく、タブレットＰＣだとしたら驚いていたな。

ギルド同士はこの通信石で連絡を取り合っているらしい。存在は極秘。ギルド関係者とアルツェリオ王家の一部の人しかその存在を知らない。

俺たち蒼黒の団に渡されたのは、異例中の異例。アルツェリオ王国が唯一と認めたチームなのだから、チームの所在はよりはっきりとしてもらわないと困る、有事のさいなど、力を借りるかもしれないから、そんな理由で渡されたのだ。

電話にしてはノイズが酷いし、相手の声がとぎれとぎれに聞こえる。これじゃ肝心なところが聞き取れなくて困ると思い、魔力を注いでもっとクリアに聞こえるよう改良をした。

通信石の存在は極秘ではあるが、そういったものはあるらしいと冒険者たちの間で噂されていた。ジェロムに見せた時その実物がこれかと感心していたので、飽きるまで見ていればいいと貸してやっていたのだ。

「ちょっと手が離せないから、ジェロムが聞いておいてくんない？」

「馬鹿言うんじゃねぇよ。通信石は登録したギルドリングに反応して、他人が使えないようになってんだ。さっさと受け取れや」

ジェロムは通信石を俺に押し付け、モンスターの毛皮で作った上着を脱ぐと、靴を脱いで畳へと上がった。囲炉裏の側で酒瓶を取り出し、早く応えてやれと俺を睨む。

この雪が降り続けるなか、まさか緊急依頼じゃないだろうな。モンスターだって大半は冬眠をしているんだ。無謀に出かけて助けを求めている冒険者の救出なんて、絶対にお断りしたい。

「えーと、どうやるんだっけ？　ギルドリングを？　翳《かざ》して？　もしもーし、こちらタケル。もしもしもーし」

傍でシャボン玉を膨らませていたブロライトの腕を借り、ギルドリングを通信石へと翳す。通信石の点滅が止まったところで石に話しかけた。

通信石はしばらく沈黙していたが、次第に石が青色に光り、音を放つ。


──タケルさんですか？


「はいはい、そうです。そっちはグリッドさんですね。どうしました？」

──ああ良かった！　雪の影響で声が届かないかと思いました！

ギルドエウロパの受付主任、狐獣人であるグリッドの安堵《あんど》の声が響くと、シャボン玉で遊んでいた子供たちの声が止まった。大人たちが静かにしろと注意してくれたらしい。

俺が改良した通信石は、雪や雨くらいじゃ通信不能になったりしない。通信石の仕組みはよくわからないが、つまりは魔素が必要なんだろ？　ということで、声を受信するためより多くの魔素を取り入れるようにしたのだ。これもまた、強い想像力。

より多くと言っても、トルミ村に漂う魔素で事足りるくらい。

──ご休息中に申し訳ありません。少し相談させていただきたいのです。

神妙な声で話し出したグリッドに、俺は居住まいを正す。

グリッドの相談というのは、ギルド職員であり現役の冒険者でもある小人族、スッスのことだった。

ひと月ほど前、スッスの生まれ故郷から便りが届いた。それで一度郷に帰ってきてほしいと伝えられたらしいスッスは、しばらく休みを取っていなかったので、事務主任であるウェイドの許可を得て休みを取ることにした。

スッスの生まれ故郷の村があるのは、グラン・リオ大陸の西南。オゼリフという半島にある。大陸の最西端であるダヌシェの港から船に乗り、陸に沿って南下するとオゼリフ半島に突き当たる。陸路では時間がかかってしまうので、海路で行くのが一般的らしい。

ダヌシェまでは片道だけでも歩いて十日以上かかる道のり。スッスは馬車を乗り継いで行ったらしいので、遅くても四日か五日でダヌシェに着く。そこから船に乗って一日もあれば故郷には帰れる。

故郷で七日滞在したとしても、とっくに戻っているはずなのだが……

――休みは二十日間の予定でした。スッスは約束を破るような男ではありません。彼ほど仕事に対して真面目《まじめ》な小人族は、他にいないのです。

「雪で遅れているんじゃゃなくて？」

――オゼリフ半島やダヌシェはベルカイムよりも温暖です。雪すら降りません。何かあるとすればオゼリフから戻る時だとは思いますが……ダヌシェのギルド「フォボス」に滞在届が出されていないのです。タケルさんならわかりますよね？　ギルド職員が他の町を訪れるさい、必ずその地のギルドに挨拶をするということを。

ギルドの職員は、ギルドという冒険者登録組合に所属している。国に雇われる兵士などとは違い、ギルドという独立組織の庇護下に置かれ、守られる。ゆえに、ギルド職員が別の町などに滞在する場合、必ずその地のギルドに挨拶《あいさつ》をしなければならない。冒険者同様、所在を確かにしておく義務があるのだ。

俺たち蒼黒の団も各地にあるギルドを訪れたさい、必ず所在登録をするよう言われている。そもそも冒険者はご当地ギルドに所在登録をしないと、そのギルドが出している依頼《クエスト》を受注できないのだ。

「雪で難儀《なんぎ》しているわけじゃないとしたら、故郷で何かあったのかな」

――それを調べていただきたいのです。

「どうして俺、っていうか、俺たちに？」

――タケルさんたちなら、雪なんてものともしないでしょう？　もちろん他の冒険者にも頼みましたし、ギルドとして依頼を出したんです。ですが、皆この極寒のなかダヌシェまで行きたくないと言いまして。

あー……

それはわかる。

いくらダヌシェの港が雪知らずとはいえ、そこにたどり着くまでの道中が大変だ。この雪のなか、馬車を出す行商人もそうはいないだろう。冬ごもりに失敗したモンスターが、獲物を求めて街道まで出てくることもあるんだ。おまけに吹雪《ふぶ》いたら数センチ先すら見えなくなる。

俺はこのくらいの寒さなら耐えられるんだが、トルミ村やベルカイムの住人は雪が降ったら外に出ちゃ駄目、と思っているようだ。

報酬が良かったとしても、凍《こご》える思いをしてまでギルド職員を捜しに行ったりはしない。ギルドに恩を売れる絶好の機会のはずだが、なんせこの雪。

——エウロパの職員に何かあったとしたら、エウロパが守らなければなりません。私には、その責任があるのです。

グリッドは悔しそうに声を出した。

眉根をぎゅっと寄せ、ふさふさの尻尾を力なく下げていることだろう。

もしもグリッドが現役の冒険者だったとしても、ダヌシェまでの道のりは厳しいはずだ。彼は力自慢の冒険者ではなく、鑑定を得意とする支援型の冒険者。

それに、グリッドには腰痛を抱えた奥さんがいる。大切な奥さんを置いて何日も家を空けるのは不安だろうな。

グリッドと同居している素材採取家のワイムスはスッスと仲が悪いし、いくらグリッドの頼みだとしても極寒のなか苦手な相手を捜しに行くほど人がよくはない。ワイムス、性格悪いからな。

「タケル、わたしは構わぬぞ。スッスの身が心配じゃ」

話を聞いていたブロライトが、シャボン玉を作りながら言ってくれた。

プニさんは何も言わないまま木の実を食っているけど、きっと黙ってついて来てくれるだろう。

クレイに相談したところで、あの恩義に熱いおっさんは否やとは言わないはず。

もちろん俺も、スッスが心配ではある。俺たち蒼黒の団がエウロパに帰るたび、「お帰りなさい」と誰よりも早く迎えてくれるのがスッスなのだ。

それに何より、小人族の故郷！　スッスのような小人族がたくさん住んでいる村だろ？　そりゃ興味ありますって！　小人族の郷ではどんな素材が採取できるのか。どんな郷土料理があって、どんな調味料があるのか。

そのうえ、オゼリフ半島までは海路。ダヌシェの港を訪れたさいに見かけた、あの帆船に乗れるわけだ。

「ピュピュー ィ」

ビーも行く気まんまん。家にこもり、子供たちの相手をするのにも疲れたのだろう。

「グリッドさん、俺もスッスには世話になっています。新しいクラブ種の情報はないかなーって、思っていたところなんですよ」

――それじゃあ、タケルさん！

「スッスの捜索、引き受けます。えーと、チェルシーさん特製のハチミツ紅茶ありますよね？　あれで手を打ちましょう」

――ハチミツ紅茶⁉　そんなのでいいんですか？　ギルドから出した依頼の報酬は、一万レイブですよ！

「そうなの？　えええと、それじゃあ、一万レイブはいらないからウェイドが作る肉の燻製《くんせい》！　あれ、香ばしくって美味いんだよな」

慌てて追加報酬を提案してみたが、グリッドは怒るばかり。

ブロライトには相変わらず欲がないなと言われ、ジェロムには馬鹿じゃねぇのと笑われ、プニさんには焼きおにぎりを作れと命令された。

報酬なんてついででいいんだよ。

俺にとっての報酬は、新しい地へと赴くきっかけ。

それだけでいいんだ。

＋　＋　＋　＋　＋

携帯懐炉に入れる魔石作りを終えた俺は、あとの作業をセレナに任せ旅支度《たびじたく》。

毎度のことながら、俺の鞄には食材やら薬やらが大量に保存されている。何もない無人島に放り出されても、数年は生きていけるだろう。

料理の味付けに使う調味料は、買い置きをしてしまう癖がついた。そのうち自分で加工できるようになりたいと思いつつも、今はジェロムが仕入れた調味料を買うようにしている。

俺たちの目的地がオゼリフ半島だと聞いたジェロムが、酒瓶片手に真剣な顔で話しかけてきた。

「おう、タケル。小人族の村があるオゼリフにゃ、鬼人族《オグル》もいるって話だ」

「おぐるぞく？　……はじめて聞く種族だ」

「オゼリフから滅多に出てこない種族だからな。他種族を受け入れることがない、謎に包まれた種族だ」

「エルフ族みたい」

「エルフ族はベルカイムのようなデカい都市で見かけることもあるだろう？　鬼人《オグル》はそうじゃねぇ。この俺すら、見たことがねぇんだ」

なるほどな。

引きこもり代表だと思っていたエルフ族でも、ブロライトのように広い世界を見聞しているエルフもいるわけだ。

冒険者として旅してきたジェロムが、逢ったことのない種族。

小人族の村に行ったら、オグル族のことを聞いてみよう。種族そのものに興味はないが、その種族が食べているものに興味がある。俺の知らない食材や調味料があるかもしれない。

ジェロムの忠告をありがたく思いつつ、情報をくれてやったから酒でも買ってこいと言うちゃっかりさに、俺は苦く笑った。

翌日、旅支度を整えた俺たちは屋敷の地下に来ていた。

ここには、ベルカイム、アシュス村、エルフ族の郷、フルゴルの郷、リザードマンの郷、地下墳墓《カタコンベ》、アルツェリオ王国の王都エクサル、ダヌシェの港へと繋がる転移門《ゲート》がそれぞれ設置してある。

土壁にクレイが少し屈んで通れるくらいの巨大な穴がぽかりと開いており、それぞれの穴は水面のようにゆらゆらと揺れていた。

この転移門《ゲート》は俺、もしくは俺が許可した人なら誰でも利用することができる。

転移門《ゲート》を通るためには、俺が作った魔石が必要。その魔石には個人識別機能をつけ、持ち主しか使えないようにした。もちろん、この場所に来るためにも魔石が必要となる。

トルミ村では村長に石を預けており、有事のさいはこの転移門《ゲート》を使ってエルフの郷であるヴィリオ・ラ・イに避難する手はずになっている。

魔王クレイぐらいの強敵でも現れない限り、強固な結界《バリア》に守られているトルミ村が危険に晒《さら》されることはないんだけど、念のため。

ダヌシェへの転移門《ゲート》は、海岸側の朽《く》ちたあばら家に繋がっている。以前、大量の魚を乱獲してクレイの槍が折れた時に利用していた小屋だ。チーム蒼黒の団が管理をすることにし、この場所を買い上げた。もちろん、小屋の中は快適な休憩場所に改造してある。

だがしかし。

転移門《ゲート》が反応しない。

「あれ。あれ？　あれれ？」

「どうした」

転移門《ゲート》の前で悪戦苦闘している俺に、クレイが訝《いぶか》しげに問う。

「転移門《ゲート》が反応してくれない」

「なにゆえ」

「なにゆえだろう」

トルミ村からダヌシェの港までは、転移門《ゲート》であっという間――のはずが、なぜだか転移門《ゲート》が反応してくれなかった。エルフの郷であるヴィリオ・ラ・イには問題なく繋がるようであったから、ダヌシェの港にだけ問題があるのだろう。

この場で考えても仕方がない。プニさんは大変かもしれないが、馬車の出番だ。陸路でダヌシェの港まで行き、そこから海路でオゼリフ半島を目指すことにしよう。

馬車で移動だと言った時のプニさんの顔は、珍しく嬉しそうに輝いていた。

「エペペ穀はこれで足りるかい？」
「ネコミミシメジとキノコグミは積んだだろうね、あれは栄養がたんとあるからね」
「子供がいるのなら、暖かい襟巻《えりまき》をいくつか持っていっておくれ。凍えていたらいけない」
トルミ村の住人にギルドからの依頼内容を伝えると、彼らは顔色を変えて一目散に倉庫へと駆け出した。それで、村に備蓄している食料を惜しげもなく差し出し、持っていけと馬車に積んでくれたのだ。

普通なら越冬するための備蓄は村の宝物。よその誰かを救うために差し出すなんてこと、ありえないのだ。だがしかし、トルミの住人は自分たちが腹いっぱい食える以上の備蓄があるからと、笑顔で持っていけと言った。

村を守る結界《バリア》が弾いた暴走魔獣たちの美味しい肉がたくさん得られたし、緑の魔人……精霊王リベルアリナのおかげで、冬に採れる作物がもりもりと育っている。心のゆとりがあるからこそ、他者へと手をさし伸べることができるのだろう。トルミ村の住人は優しいからな。

吹雪く真白の景色のなか、お土産よろしくと口々に言う村人たちの見送りを受けながら、俺たちはトルミ村をあとにした。

焼きおにぎりと肉巻きジュペで腹を満たしたプニさんは、尻尾をふりふり上機嫌で馬車を引いてくれた。

猛吹雪をものともせず、人っ子一人歩いていない街道を浮かれ気分で走る。しかし、人目がないからと馬がスキップするのは止めてもらいたい。雪が積もってから馬車で移動することはなかったから、久しぶりの感触が嬉しいのはわかるけど。

畑も森も街道も、境目がわからないほどの雪が降り積もり、こりゃプニさんがいなければどこにも行けなかったなと改めて思う。馬神様様だ。

いつもなら風を感じられる程度の結界《バリア》が張ってある馬車だが、今回はプニさんの視界の邪魔にならないよう加熱《ヒート》しつつの結界《バリア》。結界《バリア》そのものに熱を持たせ、雪が積もらず瞬時に溶ける仕組み。

傍から見れば蒸気を放ちながら進む不審車両だが、「こんな吹雪に外へ出る馬鹿者はいない」と言うクレイの言葉に従い、自重《じちょう》せず――

「冒険者は季節関係なく活動するものだと思っていた」

御者台に乗って流れる景色を楽しんでいた俺は、背後の窓から顔を出すクレイに聞いた。

「王都近辺の冒険者はそうであろう。ルセウヴァッハ領は雪深いことでも知られているゆえ、冬場は王都へ移動する冒険者が数多《あまた》おるのだ」

だが、交通手段や金銭がない者も少なくなく、そうした者は移動せず屋内で静かに過ごすのだ。ギルドから屋内でできる手仕事依頼などが出されるため、冬場は日々食えるだけの小銭を稼ぐのだとか。

「タケルの故郷では如何《いかが》にして冬を過ごしておったのじゃ」

「ピュイ」

同じく窓から顔だけを外に出したブロライトが、頭にビーを乗せたまま問う。

「俺の故郷？　そうだなー……季節は関係ないな。雪が積もっても会社……勤め先には行くし、家の中で静かに過ごすことはない。毎日仕事してた。公共の交通機関が止まっても関係なかったなあ」

積雪があっても自ら雪かき、時間に遅れてもバスは走り、雪が積もっても電車は行くよどこまでも。革靴と靴下が雪で濡れ、冬用コートはびっしょびしょ。それでも平日は仕事に行くのが当たり前。俺は都内の職場に通っていたから、どんなに交通機関がマヒしても会社には来いと言われていたっけ。雪が降ったら家から外に出ないトルミ村に比べ、過酷な環境にあったのだなと自嘲《じちょう》。

「……タケルはどんでもない環境で働いておったのじゃな」

「うむ……たまに数日眠れぬほどに多忙だとも言っておったな」

「ピュイ……」

あれれ。

そんな暗くなるような話題じゃないんだけども。

俺が当たり前に思っていたことがマデウスでは非常識で、マデウスでは当然のことが俺にとってありえないことになる。そろそろこの価値観の違いに慣れてきたと思ったが、まだまだだな。

馬車は軽やかに街道を進み、一路ダヌシェへ。

ご機嫌でスキップをしていたプニさんのおかげで、僅《わず》か半日でダヌシェに到着。プニさんは走り足らないと不貞腐《ふてくさ》れていたが、美味しい魚でも食いなよと誤魔化す。

ダヌシェの港に移動した俺たちは、トルミ村との気温の差に改めて驚いていた。

雪は降っていないし、風もそれほど寒くない。

港は相変わらず行商人たちで賑わい、今が真冬だとは思えないほど活気がある。

「さすがはダヌシェであるな。この気温ならば海にも入れよう」

「乱獲はするなよ」

クレイとブロライトに魚の捕獲を頼み、俺は漁業組合を回って各種手続き。

冒険者ギルドに寄ろうと思ったが、グリッドが俺たちに依頼を発注した翌日にダヌシェに到着していました、なんてことがバレたら不審がられるのでやめておいた。

ダヌシェの港からは海路で進むことになるが、人目がなければ馬車で海上を進んでもらうのもありかもしれない。プニさんの引く馬車は少し浮いているので、海上であろうと関係ないのだ。

それを言ってしまえば、トルミ村からオゼリフ半島まで直接馬車で行けば効率が良かったのだが、ダヌシェの港に寄らなければならない理由がある。海産物を買い、小人族の村で俺たちを歓迎してもらうための賄賂《わいろ》にするのだ。

小人族がどんな食べものを好むのかは知らないけれど、小人族であるスッスに食べられないものはなかったはず。俺が考案したベルカイムにある屋台村の料理などは、美味い美味いと叫びながら食べていた。どんな種族であれ、胃袋を掴んでしまえばこっちのものだ。

俺の作る料理が口に合わない種族だったとしたら……

それはその時に考えよう。


俺は海沿いにある蒼黒の団が所有するあばら家へと移動し、地下に設置した転移門《ゲート》が反応しなかった理由を探った。

プニさんが言うには魔素が不安定になっているらしい。一定の魔素を取り込まなければ、空間魔法のような大量の魔素を必要とする魔術は使えなくなる。

魔素が不安定な理由はわからないが、転移門《ゲート》が使えなくなるのは困るな。

そう思った俺は、転移門《ゲート》を起動するための地点《ポイント》にミスリル魔鉱石の砂粒を振りかけ、一定の魔素が取り込めるよう改良しておいた。足りない魔素を、ミスリル魔鉱砂が補ってくれる仕組みだ。数年に一度砂の補給は必要になるかもしれないが、仕方ないだろう。

そもそも魔素が不安定になっているのは一時的なことかもしれない。季節が関係しているのだろうか。

俺が転移門《ゲート》の調整をしていると、プニさんが声をかけてくる。

「ひひん。あそこの帆がたくさん付いている船になさい。わたくしはあの船に乗ります」

プニさんは手を腰に当てて仁王立《におうだ》ち、港に停泊中の帆船を指さしている。

ダヌシェに来るまではもっと馬車を引っ張らせろとぶちぶち文句を言っていたくせに、いざ港に着いて帆船を目にすると、一番立派で巨大な帆船に興味を示したらしい。

俺もあれに乗ってはみたいが、たぶん行き先が違う。以前ダヌシェに来た時に俺も乗ってみたいと思い、どこへ向かう船なのか港で働いている人に聞いたのだ。あれは、グラン・リオ大陸の西にある、エポルナ・ルト大陸へと向かう船だったはず。

「プニさん、今はあの船に乗れないけど、そのうちあれに乗ってストルファス帝国ってところにも行ってみよう」

「そこには何があるのです？」

「きっと王都エクサルにはない食いものがあるよ。なんせ大陸が違うんだ。文化もアルツェリオ王国とは違うだろう」

「ひひん。きっと行くのですよ。絶対に行くのですよ」

「ピュイ」

今すぐにでも馬に化けて飛んでいってしまう勢いのプニさんを串焼き肉で大人しくさせ、オゼリフへと向かう船を探すことにした。

港にはたくさんの船が停泊しているうえに、様々な人たちが忙しそうに動き回っている。

人相の悪い冒険者がいるなと思ったが、彼らは用心棒として船に乗船するらしい。船の上でのんびりとくつろぎ、木製のジョッキを掲げて大笑いをする様はまるで海賊のよう。

オゼリフへと向かう船はどこから出ているのか聞こうと、港にいた船舶管理事務所の職員に話を聞いたらば――

職員は困ったような顔をし、すまなそうに話した。

「あすこは今大変なことになっているさぁ。異常なくらいの雪雲に覆われちまって、船がなかなか近寄れねぇっさぁ。陸路は豪雪でとてもじゃねぇが馬が近寄れなくてさぁ、海すら凍っちまってさぁ。ここふたつきくらい、貨物便が届けられていないんさぁ」

あらあ。

それは大変。

職員のゆったりとした口調のせいであまり危機感が伝わらなかったが、異常なくらいの雪雲に海すら凍るなんて。

オゼリフってダヌシェと同じく、雪には縁がない場所だと聞いていたんだけど。

職員はどうすればいいのか悩んでおり、すぐにでも荷物を届けないとオゼリフに住む少数民族たちが飢え死にしてしまうと言った。

もしかして、この異常天候のせいでスッスがオゼリフから出られないのか。

オゼリフの住人は基本的に自給自足で、足りない生活用品は定期的に来る貨物便を頼りにしているという。自給自足ということは、きっと畑を耕しているのだろう。何を育てているのかは知らないけれど、豪雪で畑の作物は育つのだろうか。

白米の原料であるエペペンテッテという草は、雪だろうが曇りだろうがしれっと育つ植物。トルミ村のレインボーシープ牧場がある隣の空地には、雪をものともしないエペペ穀がもりもりと育っている。握り飯弁当を食べた村長が、これは美味いとんでもない、村でも育てようそうしようと空地を開墾してくれたのだ。

エペペ穀なら大丈夫かもしれないが、オゼリフにエペペ穀があるのかはわからない。もしもあったとしても、食用だとは思われていないのだろう。

「ピュイ、ピュピュー？」

「もちろん諦めない。海が凍ろうと陸が雪で閉ざされようと、なんとかなるって」

どうする？　と心配そうに聞いてくるビーの頭を撫で、さてどうするかと思案。

雪のせいで交通機関が麻痺《まひ》し物資が届かないとなると、物資を頼りにしている人たちは死んでしまうかもしれない。

小人族のスッスはギルドエウロパにとって大切な職員。俺たち蒼黒の団にとっても、貴重なカニ情報を持つ情報屋。

俺の旅話を目を輝かせながら聞いてくれるスッスを思い出し、なんとしてもオゼリフに行かなくてはならないなと強く思う。

のんびり船を探している場合じゃないようだ。一刻も早く小人族の村へ行かないと。

「そうだ。プニさん、夜中に馬車を引いてくれたら……」

「タケル、わたくしはあの船に乗ります。赤い船です」

プニさんはどうしても船に乗りたいようだ。

3　烈風《れっぷう》、垣根《かきね》に虎落笛《もがりぶえ》

ほぼ捨て値に近い金額で売られていたエペペ穀を全て買い占め、魚や肉の干物、野菜に山菜、各種調味料、小麦粉うどん粉もろもろと、食材を大量に買い込んだ。

各自に加熱《ヒート》魔石を装備させているとはいえ、ペラッペラの装備だけだと見ているだけで凍えそうになる。クレイには動きやすい冬装備を。ブロライトとプニさんにはもこもこフードの付いたもこもこ防寒着を装備させた。

「タケル、わたくしはこちらが良いです」

「潮汁《うしおじる》じゃなくて暖かい装備を買うの。手袋いる?」

「それではこちらを」

「芋煮《いもに》じゃなくて長靴を買うの。マフラー……襟巻も買っておこうか。クレイの襟巻はぽんぽん付きの桃色。帽子もぽんぽん付きにしてやれ」

買い物のさいにひと悶着《もんちゃく》あったが、概ね希望通りの装備を揃えることができた。

あとは、トルミ村の住人である編み物名人のエリザに貰った冬用靴下を履けば完璧。ビーはレインボーシープの着ぐるみを着せればいいだろう。温かい料理も買えるだけ買っておくことにする。

クレイとブロライトは海ではっちゃけ、相変わらず馬鹿みたいにでかい魚を何匹も捕まえてくれた。魚を食えば冬場に不足しがちなビタミン類は摂取できる。

オゼリフが閉ざされて既にひと月半が経過している。飢えているかもしれない小人族のため、トルミ村の倍の規模の村を想定して必要となるだろうものを用意しておくことにした。新鮮な肉などは現地調達すればいい。

足りなかったとしてもオゼリフに転移門《ゲート》地点《ポイント》を置いてしまえば、ダヌシェだろうとベルカイムだろうと、食材を買いに行くことができる。

さすが交易が盛んな港町。様々な大陸から様々な交易品が運び込まれてくるため、今は冬であるのに物資は夏と変わらず豊富にあるようだ。


「そんじゃあ、運んでもらう荷物の目録がこいつさぁ」

「ここに受け取りの名前を貰えばいいんですね」

「そうっさぁ。沖に出ると海はちぃと荒れるっさぁ。荷を落とさないように気ぃつけるんさぁ」

「わかりました」

船舶管理事務所の職員にオゼリフまで船を出してもらうよう頼んだら、はじめは渋られた。

ついでに溜まっている貨物を運ぶよと言ったのだが、はあ？　何言ってんの？　得体《えたい》の知れないやつが何を言うんさぁ、と怪しまれた。

俺たちが荷物だけを持ってトンズラしてしまう心配をしたのだろう。実際、そんな真似をやらかす連中はたくさんいるようだ。

だが、俺たちはギルド「エウロパ」に所属する冒険者チームであり、つい最近アルツェリオ王国から黄金竜の称号をいただきましたのオホホと言ったら——それならば是非ともと目の色を変え、ギルドを通した正式な依頼《クエスト》にしてくれたのだ。

これぞ手のひら返し。おかげでダヌシェのギルドに所在登録をするはめになったが、背に腹は代えられない。ダヌシェで王都やベルカイムのような目にあったとしても、俺たちは速攻でオゼリフを目指すからな。

大量の荷物を船で運び、無事に届けられたら三万レイブ。なかなかの報酬だが、凍っている海はなんとかしてね、という無責任なところもある。

まあ、なんとかできるから引き受けたわけで。

用意してもらった船はクレイが五人も乗り込めば沈みそうな、一本マストの小型船だった。小型といっても、港に停泊している船の中では普通のサイズ。クレイがでかいせいで船が小さく見えるだけ。

運搬を頼まれた荷物が船に積まれると、船は嫌な音を立てて傾いた。

「こりゃ沖に出たら荷物を全部鞄の中に入れるかな。クレイ、船の操縦できるの？」

「ああ。風を掴むことはできるが、この季節の風は少し扱いにくい。ビー、ブロライト、風精霊に頼めるか」

「ピュイ！」

「了解じゃ！」

プニさんは真っ先に船に乗り込み、揺れに身を任せて大海原を眺めていた。船が小さいだの狭いだの文句を言われなくて良かった。

海が凍ってしまうほどの極寒は経験したことがない。マデウスの海も塩辛い海水だから、融点はマイナス一・八度くらいだろう。ということは、体感気温はもっと低いはず。

いつもなら雪が降らない場所に、異常なまでの雪。

これはきっと、アレかな。

魔素的なあのアレが影響しているってことかな。

＋　＋　＋　＋　＋

港を出てから数十分。

荷物の一部を俺の鞄の中に収納し、船を軽くしたことでスピードが出た。

だが、穏やかだった海はあっという間に荒れ出した。身体は右へ左へと大きく傾き、大波小波が遠慮なしにばっしゃんばっしゃん襲いくる。絶叫マシンのアトラクションのようだ。ビーとブロライトが風精霊に頼んで船のバランスを保ってくれたものの、そうしなければ船は転覆してしまったかもしれない。

クレイはベテランの冒険者であるから船に乗り慣れているし、ブロライトはぐねぐね動く巨大ミミズを移動手段にしていた。プニさんとビーは自ら飛べるから例外として、俺もまったく船酔いをしなかった。これだけ揺れまくっている船に乗っているというのに、酔わないというのはとてもありがたい。数々の恩恵よ、ありがとう。

左手にグラン・リオ大陸の陸地が見えている状態で進んでいくと、やがて正面にうっすらと陸地が見えてくる。

あれがオゼリフ半島だ。

陸地が近づくにつれ、気温がどんどん下がっていく。吐く息は白く、冷たい風で頬と耳がちりちりと痛む。

「ピュゥー……」

「ビー、寒かったらローブの下に入っておけよ」

「ピュイ」

レインボーシープの着ぐるみを着たビーは、曇天のなかキャッキャと飛び回っている。

ここに来るまでの俺は、凍るほどの寒さを体験してみたいと思っていた。どれほどのものなのかと。凍ったバナナで釘を打ちたくなるのは本能に近いだろう。

だが実際は、それどころではなかった。呼吸をするたび肺の中が凍ってしまいそうなのだ。ビーとプニさんは神様であるから、暑さ寒さはほとんど感じないようだ。それでも、ここまでの寒さとなると睫毛《まつげ》すら凍る。というか見ているだけでこっちが寒い。

もこもこ防寒着を着ていたプニさんにぽんぽんの付いたもこもこの襟巻を渡すと、それが気に入ったのか頭からかぶり甲板の上でくるくると回った。

俺たちは携帯懐炉をそれぞれ起動させ、暖を取る。それでも寒いような気がするのは、灰色と白の景色しか見えないから。

分厚い雲から小雪が舞い降りてきたと思ったら、その雪は次第に大きくなり――

「ここまでの雪、見たことないんだけど」

「わたしもじゃ！　見てみろビー、お主の頭より大きな雪粒じゃ」

「ピュイィィ」

とんでもない大きさのふかふかの雪が、これでもかというほど降り出した。

雪粒とは言えないサッカーボールサイズの雪は、二つ、三つでビーの身体を覆い隠すほど。こんなでかい雪、はじめて見た。

重たそうに見えて軽い。というか、重さを感じない。マデウスすげえ。

せめて雪を楽しもうと雪粒を集めて固め、雪だるまを作製。これは面白いとビーとブロライトが喜び、甲板には大小さまざまな形の雪だるまが作られるというシュールな光景。クレイとブロライトが競った挙句、雪だるまとはかけ離れた謎の物体Xな雪像が複数鎮座《ちんざ》することに。呪われそうな雪像を作るんじゃない。

船はあっという間に雪にまみれ、海には氷が浮かぶようになった。船尾にごつんごつんと鈍い音が響く。

このまま進めば船に氷が当たって破損し、浸水する。それよりも進む方向を失い、外洋へと出てしまうだろう。

そんな心配をしていると、プニさんが文句を言ってくる。

「タケル、なんとかなさい」

「なんとかって言ってもな。うーんと、まず船を結界《バリア》で覆う。それから馬車にやったみたいにして、船の周りにだけ加熱《ヒート》をすればいいかな。船の進行方向の氷が溶ければいいだろう」

「ピュイー……」

本来なら船を修復してから船底を補強し、ついでに魔石で風を起こして自走できるよう改造したかったが、これは借り物の船。

船首にカニのオブジェがあれば恰好良かったんだけど、それも勝手には付けられない。残念。とても、残念。

船を結界《バリア》で覆ってから船底に加熱《ヒート》を追加。分厚い氷が船に当たっても瞬時に溶けすいすい進めるよう、温度を高く設定。そのせいで船の周りは溶けた氷や海水が蒸発し水蒸気だらけになり、景色なんて楽しむどころではなくなった。

泳いでいる魚が見られないだの青い空がないだのとぶちぶち言うプニさんを黙らせるため、鞄の中からほかほかのじゃがバタ醤油《しょうゆ》串タイプを取り出した。

携帯懐炉で身体の表面は温まるが、内臓は寒いまま。内臓が冷えると身体の動きが鈍くなると、ぽんぽんの付いた桃色の防寒帽子をかぶったクレイが言うので、気がついたら温かいものを食べたり飲んだりするようにしている。

といっても今は船を結界《バリア》で覆っているから、これ以上冷えることはない。

「しかし……この雪は酷いな。俺は世界を全て見て回ったわけではないが、ここまで大きい雪の粒は見たことがない」

クレイは分厚い雲に覆われた空を見上げ、巨大雪玉がぼこぼこ落ちてくる異常な景色を眺めていた。

結界《バリア》で覆われている部分に雪がもっさりと溜まり、空はどんどん見えなくなっていく。

「え。マデウスの雪ってこれが普通じゃないの？」

「阿呆《あほう》。トルミ村で降りし雪を見たであろう。あれが普通の雪だ。こんな雪、神の悪戯《いたずら》でもない限り降ってたまるか」

ですよねー。

神の悪戯ならありえるのかなと、口いっぱいにじゃがバタ醤油を頬張るプニさんを見た。プニさんは俺の視線に気づき、眉根をきゅっと寄せる。

「もぐもぐひひん。わたくしは豊穣《ほうじょう》の神でもあります。閉ざされた氷の世界で何が実ると言うのです。わたくしへの供物が少なくなるようなことなどいたしません。このような雪を降らすのは、眠ることを忘れた愚《おろ》かな神でしょう」

「え。雪を降らせる神様なんているの？」

「古代狼《シグリドウォルフェイウス》――冬の神オーゼリフ。わたくしと同じ、創世《そうせい》の時を生きた古き神」

「ピュ」

冬の神様、オーゼリフ。

プニさんはつまらなそうに、不愉快そうに目を閉じた。

とんでもない大きさの雪は降るわ海は凍るわ、ダヌシェの魔素は乱れるわ――まるでオゼリフ半島そのものが何かを拒絶しているようだ。

こちらに来るなと。入ってくるなと。

もしもこの異常なまでの寒さが神様のせいだとしたら。

やっぱり魔素が原因？

4　手足荒《てあしあ》る、氷壁つつく緋鳥鴨《ひどりがも》

水蒸気を発しながら進む船というのは、そうない。

分厚い氷をものともせず、船はぐいぐいと凍った海を進む。結界《バリア》のおかげで船は一切の損傷を受けなかった。

だがしかし、狭くもないけど広くもない船の上、やんちゃなビーとブロライトがじっとしていられるわけもなく――

氷塊が流れる海を覗き込んだビーが海に落ち、慌てたブロライトがビーを救おうと海に飛び込み、その衝撃でバランスを崩したプニさんが謎の物体Xな雪像に顔を突っ込み、巻き込まれたクレイがすっころんで甲板に大穴を開けた。

ほんの数秒間の出来事に俺は肩を深く落とし、海に落ちて凍えるビーとブロライトに縄梯子《なわばしご》を降ろしてやり、加熱《ヒート》で暖める。雪像に突っ込んだまま微動だにしないプニさんを救い出し、甲板の大穴にハマって足だけで足掻《あが》いているクレイを引っ張り上げた。船の操縦を教わっておいて良かった。ほんと良かった。

気をつけろと言ったのに言うことを聞かなかったビーを説教し、ビーは飛べるんだから海に飛び込む前に考えろとブロライトにも説教。せっかくの防寒着をずぶ濡れにしてくれたビーとブロライトに反省をさせ、雪まみれになってしまったプニさんの機嫌を直すために焼き菓子を献上。無様《ぶざま》にすっころんで甲板に穴を開けてしまったクレイの凹《へこ》みっぷりはすさまじく、しばらく落ち込んでいた。甲板の穴は修復し、クレイの失態はなかったことにする。

そんなゴタゴタがありつつも、船での移動を大いに楽しみながら半日ほど。無事にオゼリフ半島の玄関口に接岸することができた。

オゼリフの港には見張り小屋と朽ちた桟橋《さんばし》があるだけ。といってもほぼ雪に埋もれて、どこまでが海でどこからが陸地なのかはわからない。

ただ、陸地らしきところに大柄な熊獣人の男が立っていた。

ギルド「エウロパ」の事務主任であるウェイドも熊獣人だが、ウェイドは黒熊獣人。桟橋で立ちすくんでいる彼は、白熊獣人のようだ。

彼は雪にまみれながら目を皿のように丸くして、雪の笠《かさ》をかぶった俺たちの船を凝視している。もっふりとした白熊が二本足で立ってこちらを眺めている姿は、なんだかメルヘンだ。

桟橋に近づく船は結界《バリア》の上に雪の笠をかぶり、大量の水蒸気を上げながら氷をぬるぬると溶かして進む。怪しさ満点だろう。

船体の加熱《ヒート》効果は桟橋に積もった雪や、分厚い氷を瞬時に溶かす。激しい水蒸気で辺りは真っ白になってしまったが、おかげで港は本来の姿を取り戻すことができた。

「こりゃあ……どうなっているんだ。こいつは、船……なのか？」

男は頭に積もった雪を両手で払い落としながら船に近づいてきた。真っ白い毛皮に真っ白な雪を積もらせた白熊獣人は、つぶらな黒い目を何度も繰り返し瞬《しばた》かせている。

船から素早く降りたクレイは船を桟橋にロープで固定すると、上腕に装備するギルドリングを見せながら懐《ふところ》から依頼書を取り出した。

「我らはダヌシェより貨物を運びし冒険者である。オゼリフの船舶管理人は貴殿であるか」

男は大柄なクレイに一瞬怯《ひる》んだが、クレイが手渡した依頼書を確認すると肩の力を抜いた。男の肩に積もっていた雪がぱらぱらと落ちる。

「ダヌシェからの貨物か！　そりゃ助かった！　おおい、ダヌシェからの船便だぞ！」

男が背後の小屋に声をかけると、小屋からは女性の白熊獣人が一人と、子供らしき小さな白熊獣人が二人飛び出してきた。

ころころとした子供熊、超可愛い。

「船便！　船便！」

「ぼくたちのご飯ある？　お腹空いてたの！」

小熊たちは、彼らには巨大に見えるはずのクレイに臆《おく》するどころか、纏わりつき大歓迎。

ブロライトは船から飛び降りると、小熊たちの前で腰を落とし、持っていた飴玉を手渡しながら尋ねた。

「腹を空かせておったのじゃな。幾日まともに食事をしていないのじゃ」

小熊たちはむさぼるように飴玉を食べ、小さな丸い尻尾を必死に振りながら答える。

「なのか！　だけど、お父ちゃんが魚を釣ってくれるからご飯は食べていたよ」

「お父ちゃんが釣ってくる魚は小さくて、お腹いっぱいにはならないの」

「でも美味しかった。飴玉もっと食べたい」

「ぼくも食べたい。この飴玉美味しい」

こんな雪と氷の世界じゃ、まともに食べられるものなどないだろう。小熊たちはブロライトの手を取り、凍りついた海に開いた小さな穴を指さした。その穴に釣り糸を垂らし、魚を釣るらしい。

ワカサギ釣りみたいだな。

熊獣人は身体が大きいので、一日に食べる食事の量も獣人の中では多い。これはウェイドが教えてくれたことで、彼は熊獣人の誇りやら生態やらを、聞いてもいないのにぺらぺらと話してくれた。

ちなみに獣人は寒さに弱いが、冬眠はしない。

子供が腹を空かせているとなると、親たちはもっと空腹だろう。自分たちが飢えようとも子供たちに食事を与えるのが親ってものだ。

最後に船を降りた俺もギルドリングを男に見せ、身分証明をしてから荷物を運んだ。船を接岸させる前にあらかじめ鞄の中から取り出していた荷物は、甲板の上に出した馬車に全て積んである。

運ぶ荷物が一つもないとなると、怪しまれてしまうからな。この荷物はあとで再び鞄の中に入れるつもりだ。

大量の荷物を目にした男は深々と頭を下げると、目に涙を浮かべながら喜んだ。俺の手を取り、ぶんぶんと上下に振る。

「いやあ、本当に助かった！　ここらへんは全て凍っちまって、船がやってきても接岸できねぇんだ。遠巻きにこっちを見ただけで帰っちまってよう」

「それは大変でしたね。とにかく暖かくして、腹いっぱい食べましょう」

「今の季節は魚くらいしか食べられなくて……俺ぁいいんだ。でもよう、ガキとかかあが腹を空かせてよう……」


ぐぎゅるるるるりぃぃ……


地の底から何か恐ろしいものが這い出てくるんじゃないかっていうくらいの不気味な腹の音を響かせ、男は笑った。

「俺はタケルっていいます。あっちはクレイストン、ブロライト、あそこで偉そうに雪玉掲げているのがプニさん、こいつがビー」

「ピュイ！」

「おおっ、こいつは丁寧にすまねぇ。俺はオゼリフの船舶管理事務所職員、フエゴだ。あっちは俺の家族。かかあのゾエルと、息子のハリとゼノ。なんもねぇが、小屋の中は暖けぇから、せめて暖を取ってくれ」

「わかりました。台所はありますか？」

「へ？」

「お借りしますね」

「へあっ？」

さて、もう食えないってくらい食わせてやりましょうか。

＋　＋　＋　＋　＋

温かなじゃがバタ醤油と揚げたてコロッケ、なんちゃって肉すいとんにキノコたっぷりのクラムチャウダーっぽいミルクスープ。

魚はすり身にしてから丸めてスープの中へ。

トルミ村の防犯装置に引っかかったのを回収しておいたモンスターの肉は、ひと口大に切って砂糖醤油で照り焼きに。

小魚の佃煮《つくだに》と醤油漬けした魚卵を混ぜた炊き込みご飯をどんぶりで。

野菜も食べようということで、トルミ村の住人から託された大量の菜っ葉と山菜。ネコミミシメジは木の実のオイルと塩コショウで軽く炒め、蒸したロックバードの肉と合わせて菜っ葉にくるんで食べる。塩と唐辛子で漬けた漬物を添えて。

「ふわあぁ……いいにおい」

「本当だな。今まで嗅いだことのない匂いだってぇのに、なんて美味そうなんだ」

ダヌシェの港で売られていた魚介エキスたっぷりの潮汁を寸胴鍋ごと取り出し、メインディッシュは塩だけの握り飯。

温かくのぼる湯気《ゆげ》すら美味そうに見える料理の数々を目にした一家は、腹の虫を収めもせず喜んだ。

一般的な家庭で食べられる庶民料理ではあったが、極限状態だった一家にとってはとてつもない御馳走に見えたようだ。

熊獣人一家は、食卓に運ばれてくる温かで彩《いろど》り豊かな料理を前にしてヨダレを垂れ流し、しかし飛びつこうとはせず、両手を膝の上で握りしめて必死に辛抱していた。

「先に食べていてください。おかわりはたっぷりありますので、遠慮なく」

「はい！」

「冬神様に感謝を！」

「創世神に感謝を！」

「みなさんに感謝を！」

一家は揃って感謝を叫んで食べはじめ、息つく間もなく料理を食べ続けた。

その食べっぷりはさすがの熊獣人。食卓いっぱいにこれでもかと並べられた料理の数々が、面白いくらいに消えていく。

「とうちゃ、うまい！　これ、すごい、ふがふがふがふが」

「おいら、これすき！　もぐもぐもぐもぐ、んぐっ、んぐうううっ！」

「ほらほら慌てないでもぐもぐ、ゆっくり飲みなさいごくごく」

「こいつは不思議な食いモンだ。ちっこくて白い粒なのに、ちいと甘い」

塩だけの握り飯は、やっぱり大好評。麦飯すら食べる習慣がなかったのか、白飯を眺めてはこんな小さな粒なのにな、なんて感心しながら食べていた。

飲みやすい適温の白湯《さゆ》をそれぞれのカップに注いで渡し、彼らがひとごこちつくまで見守る。俺たちも腹を満たし、休憩。いくら風精霊のおかげで船の制御ができていたと言っても、散々揺れまくった船に乗り続けていた疲労は残っている。船上でもなんやかんやでわちゃついていたことだし。

栈橋側の小屋はフエゴ一家の私室と、管理事務所に分かれていた。ところどころ隙間風《すきまかぜ》はあったが、逆にそれが部屋の中央にある暖炉の換気に役立っているようだ。大柄な熊獣人でも不自由なく暮らせるよう作られたのだろう。天井が高く、部屋の中はかなり広い。

食べるだけ食べて腹が膨れたプニさんは、時と場所を選ばず馬になり、その場で横になって眠ってしまった。

美女が馬に変化したというのに、白熊一家は一瞬目を見開いただけ。口だけは懸命にもぐもぐと咀嚼をし、フエゴが「不思議な種族だな」と一言。説明が面倒だったので良かった。

「本当に助かった。アンタたちは命の恩人だ！」

フエゴは、幾度も頭を下げて礼を言う。

「小屋にこもっていりゃあ、寒さはしのげるんだがな。裏の畑は雪で埋まっちまうし、軒下に吊してあった野菜やら魚やらは凍っちまうし。食うためには凍っているモンを溶かさないとならねぇだろう？　そのための薪《たきぎ》がなあ……こんなに雪が積もる予定はなかった。まさか海が凍るなんて思わなかったんだよ」

フエゴは涙を拭《ぬぐ》いながら語った。

オゼリフ半島の船舶管理事務所職員になってから数十年、この地に住んでいる。季節の移り変わりを楽しみ、魚を釣り山の恵みをいただき、細々と暮らしてきた。

それなのに、今年は例年にない大雪。

海が凍てつき、山への道は閉ざされ、備えてきたものは早々に底をついた。

備蓄倉庫の一部を解体し、薪にしていたところでやっと来たのが俺たち。そんなふうに明日をも知れぬ暮らしを送ってきたのなら、この感激ぶりがわかる。

薪の問題は早々に解消しよう。俺の鞄の中には、よく燃えるカニの甲羅が山ほど保管されている。

そもそも小屋と桟橋が凍りつかないようにすることもできるから、今後は薪の心配をしなくてもいい。

食べながらうつらうつらと船を漕ぐ小熊たちを、夫婦それぞれ胸に抱いて部屋を出ていった。あのまま寝室へと運ぶのだろう。

しばらくするとフエゴだけが戻ってきて、再度テーブルへとついた。まだ食うらしい。

「うんうんっ、こいつは本当に美味い。アンタは料理人かい？」

「いえ、素材を採取する人です」

「ほほう、素材採取専門家か。それならアレか。アンタもヤルヴモーフ狙いか」

なんぞそれ。

聞き慣れない言葉。「狙い」ってことは、それが目的で来たと思われているのか。

フエゴは冷やした麦酒を一気に飲み、ブッハアアァと激しく息を吐いた。こりゃ美味そうに飲むな。

「やろぶ？　もうふ？　って何ですか？」

空になったカップに麦酒を注ぐと、フエゴはつぶらな目を瞬かせ俺の質問に答えた。

「ヤルヴモーフじゃねぇのか？　オゼリフまでわざわざ来る素材採取家は、それ狙いだと思っていたんだがな。ヤルヴモーフは、別名を王様の眉って言うんだ。すり潰して肌に塗りゃあ、いい虫よけになる」

「王様の眉が虫よけ？　眉って、あの眉毛？」

「ははは、見た目がな、ちいとばかし似ているんだよ。ヤルヴモーフは王様の庭に生える王様の樹にしか生えねぇ。だから王様の眉って呼ばれてんだ」

王様の庭に生える王様の樹。

王様？

「オゼリフには王様がいるんですか？」

「いいや、そういう王様じゃねぇんだよ」

フエゴは注がれた麦酒をあおると、王様について教えてくれた。

オゼリフはアルツェリオ王国の統治下ではない。

オゼリフ半島までの道のりは、陸路で行くとなると高い山々に阻《はば》まれる。幾日もかけてやっとたどり着いたとしても、待っているのは深い森。

そのうえ、古来オゼリフに住み続けているオグル族が待ち受けている。オグル族は謎に包まれている種族のため、下手に近づいて食われでもしたらたまらん。

そんなわけで、アルツェリオの創王は国に攻めてこなければいいやと、オゼリフ半島を放置。今に至る。

六杯目の炊き込みご飯を七杯目のビールで流し込んだフエゴは、オゼリフの歴史を語ってくれた。

「ぶっはあぁぁぁ、ふえぇぇぇ……うん。王様って言やあ、島の奥にあるでっかい森――王様の森に棲《す》んでいるってぇ言われている神様のことだ。オゼリフを大昔から守ってくれている神様だ」

神様。

それはきっと、プニさんが言っていた冬の神オーゼリフのことだろう。シグ……なんとかかんとかっていう。

プニさん曰く、偏屈で面倒でよくわからない性格をしているらしいが、それはプニさんも緑の魔人である精霊王リベルアリナも同じ。

「ヤルヴモーフが目的で王様の森に行くんなら、こっから崖の上まで坂を上《のぼ》るとリズモス峠に出る。そっからパニム新道に入って一直線に進みゃあ、王様の森に出る……んだが、見ての通りの雪と氷だ。リズモス峠に行くまでの坂道がアレだよ」

アレと言ってフエゴが窓の外を指さす。気泡が入った窓ガラスは気温差で曇り、外が見えない。

それならばと窓を少し開けて外を見てみれば――

壁。

真っ白い、壁。

氷の、壁。

高い崖に沿うように積もった雪。

「立山黒部アルペンルート！」

つい叫んでしまった。

「なんじゃそれは」

「いえナンデモ。あの雪の壁の向こうに、道が続いていたわけか」

ブロライトの無邪気な質問を流しつつ、雪の壁に故国の観光名所を思い出す。

真っ白い壁と壁の間を観光バスが進む光景。あの有名な光景が、瞼《まぶた》の裏に浮かぶ。富山湾はベニズワイガニが美味い。海鮮まつり最高。

「ピュイ！　ピュピュー」

「雪はどうにでもなる。氷も溶かせる。問題は、寒さと雪の原因だな」

白い壁すごいとはしゃぐビーを宥めつつ、雪をどうにかする算段を考える。

俺としては神様だとか王様だとかはどうでもよくて、フエゴの言う王様の眉毛が気になるんだ。眉毛に似ている虫よけ。すり潰すというのだから、きっと野草のようなものだろう。どんな色でどんな形で、どんな効能があるのだろうか。素材大好き採取家にとっては、とても気になる眉毛。

「この寒さと雪はあとどのくらい続くんだ？」

クレイに問うと、クレイは難しい顔をしながら唸った。

「ううむ……俺もここまでの雪は経験したことがないと言うたであろう。ましてや本来雪とは無縁のオゼリフだ。今後いつまで降るのか、どれだけ降るのか、予測することはできぬ」

だよなあ。

偏屈で面倒でよくわからない性格をしている神様が原因だとしたら――

さらに、その神様を混乱させるだけの原因を作ったのが、悪い作用に働いた魔素だったとしたら――

うわあ。

5　寒雷《かんらい》、参宿《しんしゅく》目指す樹氷道《じゅひょうみち》

ふかふかの大粒雪は夜中になっても降りやまず、結界《バリア》の範囲外を容赦なく白で埋め尽くす。

こんな雪が連日降り続けたら、そりゃ見事なアルペンルートができるって。

空は灰色のままで気分は滅入《めい》るし、夜になったら気温が更に下がった。

海からギリギリと妙な音が聞こえると思ったら、それは海が急速に凍る音。こんな天候が続くなか、白熊一家はよく耐えられたな。

「そりゃあ恐ろしかったが……ふふ、なんとかなると考えられたのは小人族の影響かもしれんな。ここにも何度か来てくれたんだ。あの種族はどんな状況に陥っても、悲観することが絶対にない。暗く考えるのがバカらしく思えてくるのさ」

温かなエプル茶を飲みながらフエゴが笑った。

巨大な氷壁ができる前は、この小屋まで小人族が来てくれていたそうだ。海が凍り身動きが取れなくなってしまった白熊一家のため、連日食料を運んでくれたのだという。

小人族といえば、特に印象深いのはスッスなのだが、王都エクサルのグランツ卿の屋敷で働いていた侍女軍団も思い出される。彼女たちも威勢の良い小人族だった。客人をもてなすことが大好きだったっけ。

「道が閉ざされ、俺たち以上に難儀しているはずだ。頼む、アイツらを救ってくれ」

深々と頭を下げたフエゴは、懐から銀貨を三枚取り出した。

これは……小人族を救う俺たちへの報酬ってことだろうか。ギルドを通した正式な依頼にはならないが、冒険者に頼みごとをする場合、対価を渡すのが通例。

銀貨三枚、三千レイブも支払うだなんて、フエゴが小人族を大切に思っている証拠だ。この小屋や暮らしぶりを見る限り、フエゴ一家は質素な生活を余儀なくされている。そんなか、この三千レイブを支払うということがどういうことか。金勘定に厳しい俺だからこそわかる。

クレイはしばらく沈黙し、俺に視線だけで問うてきた。どうするのか、と。

そんなの確認するまでもない。俺たちの目的はスッスの捜索と、荷物の運搬。ついでに王様の眉毛採取。

「ピュイピュー、ピュピュ？」

机の上に置かれた銀貨で遊んでいたビーは、その銀貨を俺に手渡した。返してあげるんでしょとキラキラした目で言ってくるもんだから、可愛くってたまらん。

ビーも俺や俺たちの考えをよく理解しているからこそ、この銀貨を返せと言っているのだ。

小さな子供が二人いる家庭から、大金をせしめようとは思わない。俺たちは金で動くチームとは違う。

「フエゴさん、これは結構です。王様の眉毛の情報をいただけたので、それが対価ってことでどうでしょう」

フエゴの目の前に銀貨を三枚返すと、フエゴは慌てて顔を上げた。

「何言ってんだい！　ヤルヴモーフの情報なんざ、小人族の村でいくらでも聞けるだろうよ！　そんな誰でも知っているような情報に、三千レイブの値打ちはねえんだ！」

え。そうなの？

クレイとブロライトに視線だけで問うが、クレイは逆にそうなの？　と目をぱちぱち。ブロライトは何も考えていないだろう爽やかな笑顔を向けた。うん、無邪気だな。

情報に対して金銭を渡す経験がないので、相場がわからん。

クレイはランクAの冒険者だから、情報を買うことが少ない。むしろ情報を与えるからなんとかしてくれと頼まれることのほうが多かった。

以前、スッスにカニ情報を教えてもらったことがあったが、その時の対価は金銭ではなく、俺が採取した素材だった。ギルドで情報を得る時はたいてい「エウロパ」を頼りにするんだが、その時の対価も珍しい素材。俺としては巨大ネコミミシメジ一本でカニの情報を得られるのなら、なんだっていいんだけど。

「俺たちはもともと小人族の村に物資を運ぶ予定なんだ。ギルドからの正式な依頼で報酬は貰っている。だから、フエゴさんに頼まれるまでもなく行くつもりです」

「いや、だが……それでも、俺たちに腹いっぱい食わせてくれたじゃねぇか。オコメ？　とかいうやつの調理法と、大量のエペペ穀まで。三千レイブくらいじゃ足りないほどだ」

「え。いやいや、米っていうかエペペ穀はほぼ捨て値で買いましたから。他の食材も貰ったやつばかりなので」

ダヌシェの市場で家畜用の飼料として売られていたのだ。全てまるっと余すことなく買うから、ちょっと安くしなさいよと値引き交渉をしたら、二百レイブで売ってくれた。百俵近くの大量購入なのに、僅か二百レイブ。破格すぎる。トルミ村の宿代より安いってすごい。

王都で米が流行っているという情報は、まだまだグラン・リオ大陸全土に届きそうにないようだ。王都の情報が届く前に、トルミ村やベルカイムではとっくに握り飯が流行っているだろうけど。困った時はお互い様だとフエゴに言い聞かせ、それでも涙を流しながら幾度も感謝の言葉を口にする彼を宥めた。

金銭をがめつく要求しない冒険者は怪しまれるものだが、俺たちはそういった冒険者ではない。アルツェリオ王国からお墨付きの称号を得たおかげで、依頼報酬はうなぎのぼり。悪いことさえしなければ、この先金銭で困ることはないだろう。貯金もたんまりとあることだし。

三食たらふく食えて暖かい布団で眠れる。ついでに温泉があれば最高、ってなくらいの暮らしでじゅうぶんなのだ。そんな当たり前の感覚すら、マデウスでは贅沢なのだから。

今晩は小屋の近くに馬車を停め、そのなかで休むことにした。

熟睡してしまったプニさんは小屋の中で休ませてもらうとして、小屋の周りに加熱《ヒート》魔石を設置。雪と氷を全て溶かし、桟橋に船が接岸できるようにした。結界《バリア》魔石も配置したから、ドカ雪にまみれることもない。

これでダヌシェからの定期便が停泊することが可能になった。

＋　＋　＋　＋　＋

翌朝、結界《バリア》範囲内だけ雪が積もっていない景色を眺めたフエゴ一家は、目をまるまるとさせて驚愕していた。

子供たちは雪が溶けたと大喜びで外に出たが、氷壁はそのまま。巨大な氷の壁を見上げ、肩を落とした。

「テッテにまだあえないの？　もうずっとあってないよ？　元気？」

「僕が作ったおもちゃを見せるの。早くあいたいよ」

テッテが誰かはわからないが、子供の顔を曇らせたままというのは宜しくない。

キノコグミが入ったガラス瓶を子供らに渡してから、俺たちはそれぞれ馬車に乗る。俺だけがプニさんの背にまたがり、先頭でユグドラシルの枝を構えた。

「ユグドラシル覚醒、加熱展開《ヒート》」

馬車が進むには氷壁を溶かさなくてはならない。少し強めの加熱《ヒート》を展開し、氷壁をあっという間に溶かす。大量の水が流れないよう、蒸発させる勢いで。

氷壁に馬車が進めるほどの大きさの穴を開け、ゆっくりと前進。フエゴ一家に見送られながら、馬車はぐいぐいと進む。

分厚い氷壁を抜ければ、そこは氷の登り道。街道が全て凍りついた世界だった。

「すごいな！　タケルの魔法をぶちまけたあとのようじゃ」

「ピュイイィッ！」

御者台の後ろの窓から身を乗り出したブロライトは、頭にビーを乗せたままはしゃいだ。

雑草の一本、木々の葉一枚、全てが見事に凍りつき、別世界に迷い込んでしまったような景色がずっと続いている。

雪も遠慮なく降り続けているから、ここが街道なのかも定かではない。なんとなく道があるかな、程度の勘で進むしかない。

「やだなブロライト、俺はこんなに見境なく魔法をぶちまけないって」

「何を言うておるのじゃ。貴殿の放つ魔法は、時折クレイストンの後頭部に命中するじゃろう」

「あっ。ちょ、余計なこと言うな」

「はあ⁉　おっ、お前、俺が内なる力を解放せし時、そのような真似をしておったのか！」

うっかりと口を滑らせたブロライトを押しのけ、御者台に座っていたクレイが吠えた。

余計なことを言いやがって。俺がノーコンなのは今更だろうが。

「ちょうどいいところにクレイの頭があるのが悪いんだよ。こう、ここにぶち当ててくれって言わんばかりの頭」

「ふざけたことを申すな！　あ、頭に魔法をぶつけるなどと！」

「大丈夫だって、クレイの頭は俺の魔法より強いから」

「そういう問題ではなかろうが！」

あーもー。クレイの頭は頑丈だし、俺の魔法くらいで傷を負うこともない。それに、塩水玉をぶつけたのはナメクジ戦の一回だろうが。いいや、ぶつけたのは四個……六……ともかく、無事なんだからいいじゃないか。

「終わり良ければ全てが良いという考えは危ういのだ。良いか？　そもそもお前は出会《でお》うた頃より何も変わらぬではないか。お前が作りし魔法はお前が考えているよりも恐ろしい力があるのだ。その力を操り、的確に命中させるよう努力をせず日々寝ぼけた顔をしおって」

本格的なクレイの説教を右から左に流しながら加熱《ヒート》に集中。

俺の顔については、この顔にした『青年』に文句を言ってくれ。いいや、前世でも眠たそうな顔をしていると言われたことはあるけども。

それはともかく。

「ピュ」

俺の肩に飛び乗ったビーが何かに反応。ふんふんと辺りを嗅ぎ回り、尻尾をピンと立てて緊張しているような様子を見せた。

警戒警報ではない。何かがどこかにいると。

クレイの説教がぴたりとやみ、ブロライトが顔色を変え素早く周囲を見回した。

――何かが　いる

歩みを止めたプニさんが、低く唸る。

雪と氷しかない景色。こんな雪深いところにモンスターが現れるとも思えない。

どんなランクのモンスターでも、野生の勘というものは備わっている。足場が悪い、視界が悪いような場所でわざわざ襲いかかるような真似はしない。とんでもなく腹が空いていたら別なのだろうけど。

「探査展開《サーチ》」

プニさんの背から飛び降り、集中して辺りを探る。

雪と氷に閉ざされた向こう、確かに反応があった。点滅する光は……一つ？　反応があるのにとても薄い。

モンスターの反応ではないようだが、何がいるのかはわからないなんて。


――濃い　魔素の力を　感じる　古き　ちから　の　胎動

いつの間にか王様の森に迷い込んでいたのだろうか。

辺りは相変わらずの景色。吐く息は白く凍りつき、加熱《ヒート》で溶かした箇所には雪が降り積もる。

「ピューイィーー……」

何も聞こえない、全ての時が止まった灰色の世界。

ビーの不安そうな鳴き声だけが、遠く響いた。

――ぶるるるるっ

プニさんは鼻をひくつかせながら辺りを警戒し、忌々《いまいま》しげに前足で地面をガツガツと蹴る。

――領域に　踏み入りし我に　挨拶のひとつも　ないとは

「まあまあプニさん、落ち着いて」

不満を露《あら》わにするプニさんを宥め、鞄から刻んだネコミミシメジを取り出して与える。

馬になっている時のプニさんは、加工されたものより根菜とかキノコなど素材のままの食べ物を好む。馬と人とで好みが変わるのだ。

プニさんが不機嫌そうにしながらもキノコを食べているのは、怒りよりも食のほうが大切なのだろう。わかる。

以前一緒にエルフの郷に入った時も、リベルアリナが挨拶をしに来ないとプニさんは怒っていたっけ。

神様が他の神様の領域に無断で侵入すれば、その領域を支配する神様が必ず現れるらしいのだが、そうした気配はどこにも感じられない。

探査《サーチ》に反応があった対象物は謎のままだけど、それが古代神のものだとは思えなかった。

古代神であるプニさんを探査《サーチ》しようとすると、ものすごく主張の激しい光の点滅になるのだ。

さっきのはそういう感じではなかった。

氷と雪だらけの景色をざっと見渡していると、クレイが御者台から降り、ブロライトも御者台後ろの窓からのそりと出てきた。

「ここも随分と雪深いようだな。タケル、足元に気をつけろ」

「ほんとだ。俺の太ももまで降り積もっている」

クレイが指さした先は、なんの変哲もない雪の平野が広がっているだけだが、積もっている雪が尋常じゃない。

加熱《ヒート》で溶けたところとそうでないところで、えげつないほどの差がある。

俺の太ももまでの雪が積もっているということは、トルミ村の子供なら雪に完全に埋まる深さ。

こんなに積もっていたら、背の低い小人族は身動きが取れないはずだ。

「プニさん、ここが王様の森であるのは間違いない？」

ネコミミシメジを平らげたプニさんは、人化し黙って両手を差し出した。

「ひひん。間違いはありません。串焼き肉をお出しなさい」

「ここで食べないの。小人族の村を見つけるほうが先」

「ならば早く探しなさい。どこまで行っても雪ばかりでつまらないではないですか」

いやまあそうだけども。

俺としてはこんな世界も楽しかったりするんだよ。実際に住んでいる人にとってはたまったもんじゃないだろうけど、雪と氷に閉ざされた景色なんてはじめて見たんだ。どうしても興奮してしまう。

「見事に凍りついておるな。見ろクレイストン、木の枝がいとも簡単に折れてしもうた」

「うむ……ストルファスも冬は厳しいものであったが、ここまで凍てつくことはない」

「氷の魔法が得意な者でも、木の枝がもろくも折れるほど凍りつかせることはできぬ。タケルもそうであろう？　これも、オーゼリフの仕業なのじゃろうか」

ブロライトとクレイが揃って俺に視線を移す。

いやいや、俺に聞かれてもわからないって。プニさんに聞いても……ああ駄目だ。空から舞い散るキラキラとした粒を掴まえようとしている。

あの光る粒はダイヤモンドダストだっけ。テレビのニュースで報道されていたのを見たことがある。いつか本物を見てみたいと思っていたんだ。

「こんな現象が見られるんだな」

まさか異世界に転生して、この美しい現象を見られるとは。

「あれは極寒の地にしか生息できぬ、ゴモポルラプタの小便じゃ」

「やめて夢壊すの！」

ブロライトの言葉で幻想世界から現実に引き戻され、灰色の空を見上げる。

ダチョウみたいな首の長い鳥が、ギャンスギャンス鳴きながら遠い空を飛んでいた。飛びながら用を足すなよ。鳥だから仕方ないけれど。

しかし、極寒の地にしか生息しない鳥まで飛んでいるとなると、生態系も変わってしまっているのだろう。

トルミ村周辺では、雪が降ると喜び勇んで空を飛び回る雪鳥《ゆきどり》という黒い鳥がいた。いやそれカラスだろう、というフォルム。雪を食べる特殊な鳥で、焼いても蒸しても煮ても美味いという、冬場の重要なたんぱく源になっていた。

雪が降れば人里だろうと無防備に現れる鳥なのだが、オゼリフ半島には生息していないのだろうか。

馬車を進めつつ辺りを眺めていると、尻尾が三本あるタヌキらしき小動物や、胴体が異様に長いリスのような生き物が見られた。ただし、姿が見えたと思えば一瞬で消えてしまうほど素早いので、食料として得るにはあれらを上回る素早さが必要だろう。

小人族は素早く動けるが、小動物が生息する高い木の上に一瞬で登ることはできない。

オグル族はオゼリフ半島に住み、外には出てこない。ということは、野山や森で自給自足生活なんだろうな。だとしたら素早い動物でも難なく狩れそうではあるが、どうだろうか。

「なあクレイ、オグル族ってどんな種族なんだ？」

希少な種族であるエルフよりも、更に謎なオグル族。

数多の大陸で冒険者をやっていたクレイなら何か情報を知っているかと思ったのだが、クレイは眉根を寄せて顔を左右に振った。

「ふむ……実際に会うたことはないのだ。ストルファスにある文献に多少記録が残っていたが」

「どんな記録？」

「書かれていた記録がオグル族であるという確証はないのだが、太古の昔、古《いにしえ》の神々が息づく地に戦事に長《た》けた黒き民がいたと」

黒き民は勇ましく、ひとたび戦地に降り立てば他者を圧倒する力を見せた。その力に目をつけた様々な種族から力を貸せと言われたが、黒き民は欲のためには決して戦おうとはしなかった。

いつしか歴史の表舞台から消え、謎の種族として記録が残るだけに。

戦事に長《た》けた種族か。

その種族がオグル族だと仮定して……クレイと気が合うんじゃないかな。オグル族が筋肉ゴリゴリのマッチョ種族だとしたら、クレイと僧帽筋《そうぼうきん》や大胸筋を見せ合って褒め合いそうだ。腹斜筋で大根すりおろしたいとか言ってほしい。

「ボディビルダー種族……」

「何か言うたか？」

「イエなんでも」

小麦色の肌をした筋肉種族を想像し、ウスラ笑い。クレイに嫌そうな顔をされたが構うものか。

「オグル族が引きこもり種族なら、食うもんとかどうしているんだろうか。あそこにいるタヌキっぽい動物を狩ったりしているのかな」

木の枝でこちらを警戒している小動物を指さすが、ブロライトがそれを否定する。

「フォレストラクーンはエルフ族でも滅多に狩ることができぬ素早い生き物じゃ。おまけに、あのフォレストラクーンは今までに見たことのない姿をしておる」

目にもとまらぬ速さで動くエルフ族は、小人族の数倍素早い。ブロライトが本気を出せば、探査《サーチ》魔法でも測定ができないほど。

そのブロライトですら滅多に狩れないなんて。

プニさんに三本目のネコミミシメジを与えながら、じっと身を潜めて身動きしないタヌキ目掛けて調査《スキャン》。

【エタニ・フォレストラクーン　ランクC++】
エタニ渓谷で独自進化を遂げたフォレストラクーン亜種。
雑食であり、木の実から動物の死骸《しがい》までなんでも食べる。雪に含まれた僅かな魔素を取り込むことにより、獰猛かつ警戒心が強くなっている。
肉は臭《くさ》くて食べられたものではありません。

残念。

とても、残念。

動物=《イコール》お肉と考える俺の思考はヤバイかもしれないが、それは冒険者としての考えに染まってきた証拠。クレイやブロライトは食えるものなら好き嫌いせずなんでも食う。

依頼《クエスト》をこなすさい、冒険者は節約のため食料を現地調達することが多い。動物=食料と考えるのは当然のことだろう。腹を壊したりしなければ味は二の次らしい。

ところで雪にも魔素って含まれているの？


【オゼリフの雪　ランクF】

オゼリフ半島の一部に降り続ける雪。僅かな魔素を含んでいる。熱を加えると魔素は消えてしまう。

雪のままで食べ続けるとお腹を壊すので気をつけて。


雪を調査《スキャン》してみたら、魔素を含むと。

マデウスにある土や水にも僅かな魔素が含まれているから、特別に珍しいわけではない。

独自進化を遂げた動物がオゼリフに来ている。きっとこの寒さや大雪を好んで来ているのだろうけど、食えなきゃ意味がない。

スッスや小人族が心配になってきた。オゼリフに住んでいると言われているオグル族は、この氷の世界でどうしているのか。

「ピュ」

凍った木をべろべろ舐めていたビーが、何かに気づいて声を上げた。

「どうした？　ビー」

「ピュイィ、ピュピュー」

二つだけど一つが来る？

ビーの伝えようとしていることがよくわからないな。ビー自身もなんだか戸惑っているようだ。

「タケル、どうした」

「クレイ、ビーが何かに反応した。二つだけど一つが来るんだって」

「は？」

「いや、俺もよくわかんない」

再度探査《サーチ》を展開してみたが、さっきの反応が俺たちの近くに来ているとだけ。

俺は杖を両手に構え、結界《バリア》を再度唱える。

俺の行動を見て、俺が何をしようとしているか察したブロライトはプニさんを背に守り、腰の得《え》物《もの》に両手を添えた。

「ブロライト、勇んで飛び出すでないぞ」

「了解じゃクレイストン。じゃが、この狭き雪の道で戦うには我らが不利じゃ」

馬車が一台なんとか通れる程度の道。凍りついた木々が道の側まで迫っており、足元は加熱《ヒート》で溶けた雪でびちゃびちゃ。

なんとかしろとブロライトに言われ、少々思案。

「対象が確認できたら全力加熱《ヒート》で辺りを溶かす。だけどビーが怖がっていないし、俺も悪いものが近づいているとは思えないんだけど……」

それでも近づいてくるものが何かわからない限り、安心はできない。可愛い猫でも、鋭い牙と爪を持っている。

無垢《むく》な子供こそ、前触れもなくカンチョーをかますものだ。

対象物が静かに近づく。気づけば吹雪いていた。俺たちや馬車を囲んだ結界《バリア》の外は、あっという間に白く閉ざされてしまう。

クレイやブロライトは目を瞑《つむ》ってでもモンスターの位置がわかるらしいが、俺はそんな達人のような真似はできない。

探査《サーチ》が示しているのは相変わらず人でもない、モンスターでもない、動物でもない反応。

「ピュゥ……」

「ビー、何があっても驚いて炎を吐くなよ？　この位置だとクレイの後頭部が燃える」

「ピュ」

緊張して震えるビーを落ち着かせ、静かに警戒を続けていると――

――ドン！

結界《バリア》に押し付けられた毛むくじゃらの手。

見覚えのある肉球と、鋭い爪。

「クレイストン！　こいつはドルドベアじゃ！」

何度も解体を手伝った、美味しいお肉。いや、ランクCの獰猛なモンスター。

だけど対象がドルドベアなら、探査《サーチ》はそう教えてくれるはず。

「待てブロライト、様子がおかしい！」

今にも飛び出してしまいそうなブロライトをクレイが声だけで制し、相手の反応を待つ。

結界《バリア》に押し付けられた手はゆっくりと拳を作ると、再度強く叩いた。

そして拳は数回強く結界《バリア》を叩いた後――


「随分硬いっすね。なんすか？　これ」

「わから、ない。とても、かたい」

「おっきな卵だといいっすね。持っていけないっすか？」


あ。

この声。

ごうごうと吹雪く轟音《ごうおん》のなかに、かすかに聞こえる呑気な声。

というか、この特徴のありすぎる喋り方。

「スッス？　そこにいるのは、スッスか？」

恐る恐るドルドベアの拳に向かって俺が話しかけると、拳はビクリと反応し、静かに手のひらを見せた。

「喋ったっす！　なんっ、なんすかこれ！　ググさん、モンスターって喋るんすか！」

「おちつ、け、タッタ。いま、声は、スッスの、名を、いった」

「えっ？　えっ？　スッス？　スッス？　なんでペンテーゼの三男坊の名前を言うんすか？えっ？」

そう、この喋り方——通称「後輩喋り」は、スッスの故郷の言葉だ。

グラン・リオ大陸に住まう小人族全員がこの喋り方をするわけではなく、スッスの村にだけ伝わる誇り高い言語らしい。オゼリフは半ば隔離された地でもあるから、言葉遣いも独自進化を遂げたのだろうな。

一人は確実にオゼリフの小人族。

もう一人、つかえながらも必死に喋る低い声。

クレイは相手がスッスと同じ喋り方だとわかると、纏っていた警戒を解く。続いてブロライトに目配せをし、警戒を解かせた。

クレイは背中に朱色の筒を戻し、振り向かずに言う。

「タケル、結界《バリア》の範囲を広げられるか」

「わかった」

意識を集中させ、対象物を含む範囲に結界《バリア》を展開。

虹色に輝く透明の壁は、ゆっくりと範囲を広げていった。

6　風冴《かざさ》ゆる　鋭き角と広き背《せな》

小人族はその名の通り、小さい人だ。

大きい者でも人間の八歳児くらいの身長しかなく、間違えて子供扱いをしてしまうと烈火《れっか》のごとく怒る。そりゃそうだ。

飛び跳ねるように素早く歩き回るのが特徴。

マデウス共通言語であるカルフェ語では「小人族」と呼ぶが、古代カルフェ語だと小柄族《リルウェ》というらしい。

建造物などが人間向きに造られているマデウスにおいて小人族はいろいろと不便ではないかと思うが、ギルドには小人族用の受付が設置されている。大きな町にある宿屋にはリザードマン用の部屋よりも、小人族向けの部屋が用意されているところが多い。それだけ小人族の需要が多いということだ。スッスはベルカイムで過ごしていても、あまり不便を感じたことはないらしい。

王都内の貴族の屋敷で働いているメイドさんは、ほとんどが小人族の女性。小人族の女性は真面目で几帳面で手先が器用。小柄であることを生かし、素早くちょろちょろと動き回ってはあっという間に仕事をこなしてしまうのだ。

己の存在を消し、気づかれないよう行動する隠密技能《ハイズスキル》を所持する優秀な小人族もいて、そういった能力を持つ者は冒険者となって活躍。有能な冒険者チームには一人か二人、隠密技能《ハイズスキル》を持つ小人族が所属している。

「まさかスッスの知り合いがこんな立派な冒険者だとはちーっとも思わなかったっすよ！　いやあ驚きっすよね！　こんな辺鄙《へんぴ》なところで逢うなんてビックリっすよ！　何してんすか？　どうしたんすか？　何やってるんすか？　どこ行くんすか？」

結界《バリア》の範囲を広げたら、珍妙な二人組が呆然と立っていた。

巨大なドルドベアの毛皮をかぶり、巨大な葉っぱを傘代わりにさす小人族の青年。そして、そんな青年を肩車する褐色《かっしょく》の肌の巨大な男。

小人族の青年は小人族特有のマシンガントークをぶちかまし、肩車をされながら手足を動かしてはしゃいでいた。

このはしゃぎっぷり、やっぱり小人族だな。

「あー……と、えー……と、こんにちは？」

俺は、いやいやどうもどうもと頭を下げ、ひとまず挨拶。

小人族の青年を肩車した大男は、俺の仕草を真似るように頭を下げた。

「うわあおおう、ググさん、おいら乗ってる乗ってる！」

「すま、ない」

大男が頭を下げたせいで小人族の青年は落ちそうになり、慌てて肩にしがみつく。大男は冷静に手を伸ばすと、小人族の青年の首根っこを掴まえてゆっくりと地面に降ろした。

「おいら、オゼリフ・リルウェ・ドルフのタッタ・チャムムっていうっす！　木《こ》の葉《は》袋《ふくろ》小路《こうじ》屋敷《やしき》クック・チャムムの息子っす！　よろしくっす！　ここだけは雪が溶けているんすね！　うはっ、久しぶりに地面を見た気がするっす！　なんでっすか？　どうしてっすか？」

小人族の青年タッタは挨拶をしながら街道を踏みつけた。

忙《せわ》しなく、そして騒がしい。これが小人族の特徴でもある。

一通り喋るだけ喋らせて、それから返答をすればいい。

俺は怪しまれぬよう……いや、タッタには警戒心のかけらもないようだが、タッタの背後で控えている大男は俺たちへの警戒を解いていない。なるべく不安にさせないよう、とびきりの営業スマイルを見せてやろう。効果音はシャランラキュルル。

「俺はタケル。こっちはクレイ、そっちはブロライトで、ブロライトの後ろで雪玉食っているのがプニさん。で、こいつがビー」

「ピュイ！」

会心の爽やか笑みだというのに、クレイは胡散臭《うさんくさ》そうに俺をジト見。その顔やめて。

俺は膝をついてタッタに手を差し出し、握手。タッタは両手で俺の右手を掴んでぶんぶんと上下に激しく振った。

「よろしくっす！　こっちはオグル族のグローライト・グリアレスさんっす！　略してググさんっす！」

「オグル族？」

フードを目深《まぶか》にかぶっていたから気づかなかった。随分と背の高い、俺よりも背の高い男だなと思っていたけど。

すっかりと忘れていたが、ここはオゼリフ半島。小人族とオグル族しか住んでいない、閉ざされた土地。

オグル族の男はタッタにばばーんと紹介され、ゆっくりとフードを外した。フードに隠れていたのは、頭から突き出た四本の角。

「タッタ、あまり、ちか、づくな」

オグル族の男ググは、まだ警戒を解かない。彼は小柄なタッタを守ろうと、背後からタッタを捕まえて小脇に抱えた。

タッタはググに手荷物扱いされたまま抗議。

「ググさん！　大丈夫っすよ！　スッスの名前を呼んだ、スッスの知り合いっすよ？　そうっすよね？」

「そうっす！　いや違う、そうです」

駄目だ。この独特な喋り方、うつりそうになる。

前世で勤めていた会社で、俺は新人営業の教育係をしていた。大学を卒業したての新卒を面倒見ていたのだが、少しでも親しくなると彼らはこの妙な喋り方をするようになった。親しくなったがゆえの気のゆるみというか、ついつい出てしまう癖のようなものだ。

しかし大学まではそれで通用しても、社会人たるものこんな喋り方をしていてはならないと、よく注意をした。

注意しながらも、若かりし頃自分も使っていたよなと思ったあの時。後輩石井くん、マデウスでは日常会話として使っている種族がいましたよ。

「俺たちはベルカイムのギルド、エウロパから依頼を受けて来たんだ。スッスが無断欠勤をしているから、どうしているのかなと捜しに……」

「えっ！　えっ！　すごい！　すごいっす！　エウロパから、わざわざ来たんすか？　ベルカイムって、グラン・リオの北のほうにある町っすよね？　すっごい北！　スッスが教えてくれたんすよ！　でーっかい町で、いろーんな種族がいて、すーっげぇ美味いもんがごろごろあるって！　そうっすよね？　そうっすよね？」

「……来たわけです」

タッタの質問攻めに負けず鞄の中からギルドリングを出して見せると、ググが大きく目を見開いた。

ググは、興奮するタッタを地面に降ろし、俺のギルドリングを凝視。

オグル族は巨人族《タイタン》ほど大きくはないが、人間よりはずっと大きい。もちろん、背が高い俺よりも頭一つ分大きい。そのうえ、俺が予想していた通り筋骨隆々《きんこつりゅうりゅう》のゴリマッチョ。頭の角は鋭くとがり、見た目だけならばクレイにも負けないほどの迫力がある。

だが、怖くはない。恐ろしいとも感じない。ただゴリマッチョすげえ、としか思えない。

褐色の肌に映える緑色の瞳が瞬くと、ググはうんこ座りをしている俺に目線を合わせるべく腰を下ろし、白銀色に輝くギルドリングを指さした。

「これ、色、ちがう。スッス、違う、いろ」

懸命に言葉を探しながら喋るググに、タッタがググの背中によじ登りながらフォロー。

そんな気安く背中に乗るだなんて、ググはよほどタッタを信頼しているのだろう。

「もともとオグル族はオグル族に伝わる言葉しか話せないんす。おいらたちが使うカルフェ語は、ここ最近やっと覚えてくれたんす」

「カルフェ【の言葉はちょーっち難しいんだよね】、タッタ、教えて、くれる【マジありがたくってさー】」

うん？

なんだか今、ちょいちょい流暢《りゅうちょう》に話したような。

俺の技能《スキル》には「世界言語」っていう、古今東西どんな言語でも理解するありがたい能力がある。

古代語もなんのその、解読されていない特殊な文字すら読むことができるのだ。

それはもちろん、聞き取ることも可能。

「いやいや、オグル族はすっごい優秀なんす！　おいらたちの伝統的な言葉遣いは普通は覚えられないんすけど、それでも言葉が通じるくらいは覚えてくれたんすよ！」

「タッタたち、小人族、の、ことば【ぶっちゃけ何言ってるんだかわかんないんだけど】、とても、ありがたい」

うーんと。

うん。

聞き間違えではないようだ。ググが流暢に喋る部分は、オグル族の言葉なのだろう。

不思議なのだが、それが違う言葉だということが本能的にわかる。

ググは真剣な顔をしてチャラく話すから、その言葉遣いがなんとも似合わない。

「リザードマン【族】、はじめて、見た」

「俺もオグル族に逢うのははじめてだ。俺はヘスタルート・ドイエのギルディアス・クレイストン」

「リンシュ・グリアレスの息子、グローライト・グリアレスと、いう。【リザードマンすっげーでけぇ。まじパねぇ。超カッケー】」

がしりと握手をし合うクレイとググの二人だが、ググの喋る言葉にどうも顔がヒクついてしまう。ググの精悍《せいかん》な顔になんとも合わない、チャラい言葉遣い。

二人が友好的に握手をすると、ブロライトが即座に右手を差し出した。

「わたしはヴィリオ・ラ・イがエルフ、ヴェルヴァレータブロライトじゃ！」

フードをかぶっていたブロライトがそれを外すと、ググはガッと目を見開き、その場で片膝を地につけて平伏《ひれふ》した。

「【やっべぇ！　生エルフいるとかこれマジかよ！　俺のじいさん連中がエルフ族って超べっぴんぞろいで男か女かわっかんねーから失礼な真似すんじゃねぇぞってうるさく言ってたけど、マジだったー！】」

まるでブロライトを神か何かのごとく、真剣な顔をして必死に祈るように叫ぶ言葉がこれ。

ブロライトもクレイも何事かと慌て、プニさんに至ってはなぜ自分に平伏さないのかと不機嫌になっている。ビーは驚いて俺の背中に爪を立てるし。

ちょっと『青年』。

俺の言語能力、どうにかしてくんないかな。

＋＋＋＋＋

深い雪道をかき分け街道を道なりに進むと、更に鬱蒼《うっそう》とした森が現れた。雪と氷で木々は覆いつくされている。

巨大な樹木らしきものが何本も聳《そび》え立ち、曇天を隠している。おかげで昼間だというのに夜中のような暗闇。生きる者の息吹《いぶき》が感じられない。全てが眠っているようだ。

音すら消え失《う》せたその森は、オゼリフ半島の中央に位置する樹海。

創世の頃よりその姿を留めたままの深い深い森を、オゼリフに住まう民は王様の森と呼んでいる。

古代神の一柱である古代狼《シグリドウォルフェイウス》が棲んでいる聖域のため、何人《なんぴと》たりとも森を汚すような真似をしてはならない。森の中での私闘は禁止され、むやみに木を伐採することも禁止。

そんな聖なる森にいつの間にか住み着いていたのが、小人族。

アルツェリオ王国が建国されるずっと前、戦乱に巻き込まれたくなかった小人族は、野を越え山を越え必死の思いで永住の地を探し、数十年かけてやっとオゼリフの地を見つけた。

だがオゼリフには先住民のオグル族がいて、王様の森の番人として外部からの侵入者を拒絶。平和主義かつ楽観的だった小人族は、それならこのへんにお邪魔しますかねと森の入り口付近に居を構え、森の恩恵をいただきながら細々と生き延びていた。

土と木と水があればどこででも生きられる小人族は、柔軟にその土地に馴染み、いつの間にかオゼリフの民として認知された。

そして、今年の異常なまでの冬が来たわけで。

肉食メインで生活していたオグル族はこの厳冬《げんとう》により食料である動物らが消え、農耕を得意とする小人族に頼らざるをえなくなった。

「オグルの民は狩りを得意としているんす。だけど、モンスターや動物はどこかに逃げ、肉が食えなくなったんす。それでオグルの民は腹を空かせて王様の森から出て、おいらたちの村に来てくれたんすよ。腹減ったーって。あははは」

御者台に座るクレイの隣にちょこりと腰をかけた、小人族の青年タッタ。足をぶらぶらとさせてケラケラと笑っている。

俺は加熱《ヒート》を展開しながら馬車を先導し歩きつつ、街道を進んだ。

プニさんが引くエルフ特製の馬車「リベルアリナ号」は、エルフが崇《あが》める緑の精霊王であるリベルアリナの名にちなんで、とんでもない魔法がこれでもかと付与された魔道具《マジックアイテム》である。

ランクBのモンスターなどはね返すほどの強い結界《バリア》と、乗車対象者を識別する機能が施され、無断で乗ろうとしようものなら雷で打って気絶させる。

これは盗難防止としてあとから付けたものなんだけど、おかげで町中に馬車を放置しても盗まれる心配はなくなったのだ。威力がすさまじいのはエルフのせい。神の名をいただいた馬車を盗もうなど、言語道断なんだって。

とはいえ、俺たちが許可をすれば誰でも乗ることができる。許可といっても乗車対象者にどうぞと声をかけるだけ。小人族とオグル族が住む村まで案内してもらうので、タッタとググの二人に乗ってくれと言ったんだけど、ググは馬車には乗らず歩いた。遠慮せず乗ればいいのに、まだ俺たちを警戒しているようだ。

俺たちのギルドリングを見せただけで長年の親友のような態度になったタッタが異常なだけで、ググの反応のほうが正しいと言える。

タッタは何がそんなに楽しいのか、嬉しそうに今の厳しい状況を教えてくれた。

「オグルの民は何を食っても美味い美味いって言ってくれるんすよ！　本当は質のいい肉が食いたいんすけど、ここ数か月、寒さに強いモンスターの肉しか食っていないんす。そういうモンスターの肉って脂が不味《まず》いんすよね」

夏が過ぎたあたりから寒さが早く訪れ、秋を堪能する間もなく雪がちらつくようになった。小人族は早々にこの異常気象を察し、越冬のための食料を大量に貯め込んでいたらしい。

だがしかし、あまりにも続く厳しい冬。備蓄していた食料がそろそろ底をつくところだった。

雪深いなか、小柄な小人族はどこにも行くことができない。隣の家に行くまでも大冒険となってしまい、雪を掘って進むか地中を掘って進むか雪解けを待つか――途方に暮れていたところで背の高い屈強なオグル族の登場。これは渡りに船と喜んだ。オグル族が野蛮な民族でなくて良かった。

「ググさんがおいらを運んでくれるから、雪の下に眠る野草を採りに行けるようになったんすよ！」

「すこし、でも、役に、立ちたい【でもほら俺らって獣狩るくらいっきゃできなくってさー】、できることは、少ないから、タッタの、足に、なった」

プニさんの横を歩くググは自分の肩をトントンと手で叩き、少しだけ微笑んだ。

エルフ族以上に謎だったオグル族は、狩猟民族だった。これは俺の前世での知識通り。映画やゲームなどでたびたび取り上げられる種族だからな。

戦闘能力がとても高く、ごりごりの肉食。エルフ族やリザードマン族も戦闘能力が高い民族だが、エルフ族は木の実や山菜を好み、リザードマンは魚介類を好む。

ただ、このオグル語だけが解《げ》せん。どうにもその見た目と合わない。

「【俺たちの言葉がわかる人間がいるなんてさあ、ぱねえよなー、マジすげぇわー、助かるわー】」

真剣な顔をしてそんなことを言うものだから、どうにもこうにも困る。顔と声が合っていなさすぎる。

俺がググに話しかけると、自動的にオグルの言葉になっているらしい。ググは驚き警戒しながらも、俺には話しかけてくるようになった。

タッタとググは王様の森に入って食べられるものを探している最中だった。だが酷い吹雪になってしまい、立往生をしていたところで馬車の明かりを見つけたそうだ。

「なああなああ、これどうなっているんすか？　魔法なんすか？　雪を溶かす魔法なんておいらはじめてっすよ！　それに、この透明の壁はなんすか？　すごくないっすか？　吹雪でも喋れるっすよ！　寒くないっすよ！」

ともあれ、タッタのこの様子じゃ小人族たちはひとまず生き残ってくれているようだ。

タッタの一方的な質問攻めとググのチャラいオグル語での身の上話を聞きながら、馬車は王様の森のはずれへと進んだ。

＋＋＋＋＋

【番人の集う郷　ロウシャルマジスゲエ村】

グラン・リオ大陸オゼリフ半島エヴァート地方。

［村長］パッパ・フォア。

古代狼《シグリドウォルフェイウス》の聖域である森の入り口にある、小柄族《リルウェ》とオグル族の合同村。

手先が器用なリルウェ族は日用品や民芸品、野菜や加工食品などを作ってダヌシェに卸《おろ》している。オグル族は他部族と関わりを持つことを嫌うが、平和的なリルウェ族にだけ心を開いた。

村の名前、ロウシャルは古代カルフェ語で「気高き」。マジスゲエはオグル語で「とても素晴らしい」。直訳すれば「素晴らしき誇り」。

「グラン・リオ大陸には三大樹海と呼ばれるでっかい森があるんす。南端のデルベ・ロン樹海と、北端の白樹の森。それからここ、オゼリフの王様の森っす」

小人族の青年タッタが両手を広げて誇らしげに教えてくれた森だが、相も変わらずの真っ白世界。空まで伸びたたくさんの巨木には葉っぱの一枚も生えておらず、全て真っ白の雪と氷に覆われている。

今は雪が積もりまくっているから、木の根っこがどこにあるのかもわからない。

ただ、木の根っこあたりからいくつもの煙突が上っているから、その根元に何かがあるんだろうな、とわかるだけ。

「おいらたちの村があるこの場所は、ほんとうは王様の森ではないんす。王様の森は、半島の奥にあるっす。だけど、おいらたちは島にある森を全部ひっくるめて、王様の森って呼んでいるんす」

タッタが指さす先は、少しだけ開けた広場があった。その広場を囲むように巨木がいくつも生えている。

真っ白い景色の中にぽつりぽつりと見える、ドルドベアの毛皮をかぶったオグル族、に肩車をされ移動をする数人の小人族。

小人族は肩車をされた状態で、巨大な葉っぱを傘代わりにしている。この移動手段が主流らしく、雪の中をもそもそと移動する毛皮はなんだか面白い。

そんな毛皮たちがあちこちから現れ、馬車の周りに集まってくる。意識して結界《バリア》の領域を広げると、それぞれオグル族に肩車をされた小人族だった。

「おんやあ、お客人っすか？」

「珍しいっすね！　どうしたんすか？」

「馬車の周りだけ雪が溶けているのはどうしてなんすか？　すごくないっすか？」

一方的にワッと質問攻撃をされ、返答に困っていると――

「ダヌシェからの定期便を運んでくれた冒険者の皆さんすよ！　スッスの知り合いらしいんす！　ペンテーゼ家の三男坊、呼んでほしいっす！」

「やったあ！　定期便っすね！　これでまた生きられるっす！　この馬車立派っすね。馬も立派っすね」

「スッスを呼べばいいんすか？　おーい、誰かー！」

「そこにいるのはリザードマンっすか？　うっへえでっかいっすね！　オグルとどっちがでかいっすか？」

「エルフっすよーー！　みんなーーーエルフが来たっすよーーーー！」

とにかく、やたらと騒がしい。

小人族の質問にはタッタが率先して返事をしてくれるから、俺たちは呆然としているだけ。さすがのプニさんも小人族の勢いに圧《お》されてしまっている。

あっちにもこっちにもスッスがいるようで、誰が何を話しているのかさっぱりわからない。いや、スッスはここまで勢いのある喋り方はしなかった。

馬車の周りでキャッキャと喜ぶ小人族を見守るのは、警戒心を露わにしてこちらを睨んでいるオグル族。複数人のオグル族がどでかい包丁のような武器を手にしていると、さすがに迫力がある。

「【グローライト、どういうこと？　マジなんなのこいつら】」

「【それがさあ、街道近くで吹雪にあってマジ死ぬかと思ってたらこいつらに助けてもらったってぇかぁ、いやほんと、スゲーのマジで。雪を溶かす魔法とか、雪を防ぐ魔法をガンガン使えるんだぜ、マージーで】」

「【マジで？　ヤバくね？　すごくね？　ちょ、リザードマンとエルフってすごくね？　かあちゃん呼ぼうぜ】」

ただし、喋らなければ。

こちらを睨みながら冷静にひそひそと話している内容が、若者を彷彿《ほうふつ》させる。コンビニ辺りでうんこ座りしている感じの。

警戒はされているが、ただ物珍しくて驚いているだけなのかもしれない。

オグル族が好戦的な種族じゃなくて本当に良かった。出会って秒で殺すぞテメェとか言われなくて良かった。

王様の森の入り口にある小人族とオグル族が共存する村の住居は、妙な形の木の根元に作られていた。

根元だけぼっこりと膨らみ、あとは真っすぐ天に向かって伸びる木は、王様の樹と言われている。合同村があるこの地にしか生えていない木で、王様の樹と言われているのは、この半島にあるものはなんでもかんでも古代狼《シグリドウォルフェイウス》のものになるため。

巨大なカブに見える木が、あちこちからぼこぼこ生えているような不思議な光景が広がっている。膨らんだ木の根元に小人族用の小さな出入り口があり、その隣にオグル族用の巨大な出入り口があった。オグル族用の出入り口のほうが比較的新しく見えるから、つい最近取り付けたものなのだろう。

小人族はそれぞれオグル族に肩車をされ、雪深い中を進んでいた。クレイと同じくらいの長身を誇るオグル族でさえ、降り積もる雪には難儀しているようだ。

遠慮なしに人化したプニさんに村人たちは驚いていたが、俺が白熊獣人のフエゴに説明した時のようにエヘエヘと笑いながら「こういう種族なんですよ」と言っただけで信じてくれた。

「タケル、この雪をなんとかなさい。わたくしは挨拶もなしにどこかで潜んでいるオーゼリフを捜します」

まったく、挨拶がないとはどういうことだと、プニさんはぷりぷりと怒りながら回れ右。その場で再び馬に変化しそうだったので、慌てて声をかけた。

「プニさんプニさん、もしもオーゼリフが雪を降らせているのなら、やめさせてくれ」

「いいでしょう。わたくしが叱りつけてやります。わたくしが戻るまでに供物を揃えておくのですよ。温かな肉巻きジュペになさい。肉すいとんも食べましょう。じゃがバタそうゆーとオーバン焼きもお出しなさい。赤い飴ちゃんも食べます。この魔素の濁りはどうも……嫌です」

プニさんはそう言うと、ドレスの裾を掴んで大股で雪の中を歩き、大木の陰に隠れた。あのまま巨大な天馬の姿に戻り、天《そら》へと駆けていくのだろう。

プニさんがしていった供物の細かいリクエストはともかく、最後に言ってた「魔素の濁り」って何。気になることをついでのように言わないでくれるかな。

「ビー、お前は何か感じるか？」

「ピュ？　ピュピュユーィ」

ビーに尋ねてみると、ビーは辺りをすんすんと嗅いで尻尾をふりふり首をかしげた。ビーには何も感じられないようだ。それよりも腹が減ったと。ビーが幼いから感じ取れないのか、それとも馬神様であるプニさんだからわかるのか。

ちなみに俺には魔素の濁りのようなものは感じられない。ただただ、寒いだけ。

「プニ殿が探りを入れてくださるのならば、任せようではないか」

クレイは馬車に積んであった荷物を出しながらそう言うと、空を見上げた。ブロライトも同じく頷き、ダウラギリクラブが入った麻袋を担ぐ。

俺もビーと手分けをして荷物を運ぼうと思ったが、いやこの辺りの雪を溶かすのが先だろう。そう思って作業に移ろうとしたら――

「栄誉の旦那ぁっ！　タケルの兄貴！　ブロライトさんまで！」

白い雪の中から現れたのは、大きな毛むくじゃら。じゃなくて、巨大なドルドベアの毛皮を着たオグル族。

その黒い肌のオグル族に肩車をされているのは、両手をぶんぶんと振るスッスだった。

スッスのあまりの喜びっぷりは、オグル族の肩から落ちそうな勢い。

以前、ベルカイムで見かけた時より若干痩せたような気がするが、概《おおむ》ね元気そうに見える。もともとがぷっくりとした顔をしていたから、少しだけシュッとしたか。

それにしても歩きにくそうだ。

いくら体力がありそうなオグル族でも、大量の雪をかき分けて歩くのは一苦労。それに、食料が少なくなっている今、腹も満足に満たされていないはず。

「兄貴っ、兄貴、兄貴！　こんな遠くまでどうしたんすか？」

やっとこさ馬車のところまで来た漆黒のオグル族と、肩に担がれたスッス。遠目からはわからなかったが、このオグル族は他のオグル族に比べひときわ大きい。クレイと肩を並べるくらいにでかい。筋骨隆々で、頭の上の四本の角も特に立派。顔は発達した牙が口の端から出ている、まさしく鬼。そんな面構えだ。

オグル族から飛び降りたスッスは、飛び跳ねて喜んだ。

俺は鞄の中から依頼書を取り出すと、スッスに差し出しながら言う。

「グリッドさんに頼まれたんだよ。お前からの連絡がないから心配だって」

それで小人族の村に行くために港町ダヌシェに行って、そこでオゼリフ半島が雪と氷で閉ざされていると知った。急遽ダヌシェでも依頼にしてもらい、物資を運んできたことを伝える。

「スッス、しりあい、か」

黒い肌のオグル族がスッスに話しかけると、スッスは飛び跳ねるのをやめ慌てて答えた。

「エルギンさん、そうっす、そうっす！　ええと、【仲間】、【とっても尊敬しまくっている】、【やっべぇ冒険者】っす」

オイコラ。

そんな紹介の仕方があるか。やっべぇ冒険者って、捉えようによっては危険人物とも思われるじゃないか。

つたないながらもオグル語を話すスッスは、傍にいるエルギンと呼んだ黒い肌のオグル族を見上げる。

「えーとえーと、【アルツェリオ王国】、【有名な冒険者たち】、【ちょう信頼できるみたいな】っす」

「……うむ」

「村の掟《おきて》はわかっているっす。でも、おいらが信頼している冒険者の皆さんなんす。だから、だから、村に入れることを許してほしいっす！」

スッスは祈るように両手を合わせ、エルギンに力強く懇願した。だが、スッスの言葉がエルギンには理解できないらしく困惑したままだ。

村の掟というのは、外からの種族を受け入れてはならないとか、そういう感じのやつだろう。オグル族はエルフ族のような引きこもり種族だった。オグル族にもずっと守り続けて来た掟があるに違いない。ググとかには受け入れてもらったが、このひときわ大きなエルギンの許可がなければいけないようだ。

「タケル、早《はよ》う雪を溶かすのじゃ。このままでは荷が運べぬぞ」

いやわかってるんだよ。

わかっているんですよブロライトさん。

だが、突然雪を溶かしたら絶対に怪しまれるだろうし、なんのつもりだよそ者がゴラァ、なんて警戒されるのも困る。いくら俺たちがスッスの知人だと言っても、でかい人間とでかいリザードマンとエルフの冒険者なんて、まず怪しい。

そもそもエルフが冒険者チームに入ることなんて滅多にないし、人間やリザードマンといった他種族と行動を共にすることはないのだ――とグリッドに断言されている。それはブロライトが変わったエルフだから仕方がないとして。

俺たちに注目するオグル族と、肩に担がれた小人族。小人族はキャッキャと喜び、オグル族は警戒心剥き出し。

さて、彼らの胃袋を掴む前に、ちゃんと許可を取ってからこの雪をなんとかしますか。

「スッス、ここら辺一帯に積もった雪を溶かしてもいいか？」

「へえっ!?　いや、溶かしてもいいかって、兄貴、何を言っているんすか？」

「いやだから、歩くのに邪魔そうだし俺たちも歩きにくいから、雪をまるっとごそっと溶かす」

「そんなのどうやってやるんすか！　お日様はみつきも顔を見せてくれないんすよ！」

みつきってことは三か月。三か月も太陽を見ていないだなんて。

これはそろそろ体調にも影響が出だす頃だ。

静かに俺を睨むエルギンを見上げ、咳払い。

「うん、うん、えーっと、はじめまして。俺はベルカイムの冒険者、タケルと言います」

ニヘラと笑って丁寧に頭を下げると、エルギンは金色の目をカッと見開いた。辺りにいた他のオグル族の面々も驚いている。

オグル族に向けてオグル語だと意識して話せば、俺の言葉は自動的にオグル語として変換される。

彼らには「ちゅーっす、もっしー、俺ってばベルカイムの冒険者タケルってーの、マジでー。やばくね？」とでも聞こえているのだろう。

「タケルの兄貴、いまオグル語を喋ったんじゃないっすか!?」

驚くスッスを背後から両手で掴み、手荷物のように小脇に抱えたエルギンが俺に詰め寄る。

「【ちょ、まじ？　おめ、マジで？　なんなわけ？　俺らの言葉がわかるってどゆこと？】」

この強面《こわもて》無表情に全然合わないお言葉。

ともかく、俺の言葉は無事に通じたようだ。

「言葉がわかるのは便利じゃね、くらいに思ってくれないかな。細かく説明することができないんだ」

「【……スッスが信頼している冒険者ってぇのは、お前たちのことなんだろ？　知ってんぜ？　コイツ、蒼黒の団っつーすっげぇパネェ冒険者チームがベルカイムっつーとこにいるって言ってたんだぜ】」

「すげぇパネェかどうかはともかく、俺たちもスッスには世話になっているよ。スッスは俺たちにとって貴重な情報屋だからさ」

「【そっかそっかー。あ、俺はエルギン・ファルガーっつぅの。ヨッシク】」

「あ、どうもどうも」

握手こそしなかったが、エルギンは名乗ってくれた。これで警戒心がまた一つ解かれただろう。

エルギンに抱えられたままのスッスが、自分の名前が出るたびにパッと笑顔を見せる。エルギンは深く寄せた眉根から僅かに力を抜いた。

「【小人族ってばさ、こんなに大変な状況になったっつーのに、ダイジョーブダイジョーブって笑うんだよな。俺たちは食うものに困って……ぶっちゃけると小人族を食おうとまで考えていたんだぜまじで】」

「まじかい」

「【まじで】」

それは聞きたくなかったな。

だが、そこまで追いつめられるほどオグル族は腹を空かせていたんだろう。人間……じゃないが、オグル族だろうとエルフ族だろうと、腹が減りすぎたらとにかくなんでもいいから食いたくなるものだ。それこそ木の根だろうと、昆虫だろうと。

俺は幸せなことにそこまでの飢餓感《きがかん》を味わったことがない。前世では食に恵まれた国で、三食美味い飯を食えていた。そしてマデウスに来てからも腹が減って死にそうな目にあったことはない。トルミ村でもベルカイムでも、美味い飯を食ってこられた。王都で食った謎のドロドロスープはともかく……

腹が減って死んでしまいそうだなんて、想像するだけでも嫌なんだ。実際に飢えて飢えてどうしようもなくなったら、俺は苦手なムカデだろうと食うのかもしれない。

「俺たちがダヌシェやトルミ村で仕入れてきた食材がたくさんある。あと数か月は雪で閉ざされたとしても、これでしのげるだろう」

「【まじ感謝。超感謝。まじで】」

「あっはい」

駄目だ。

話の内容が重かろうとも、このチャラい言葉で全て霧散する。

エルギンがやっと微笑みを見せてくれると、辺りで警戒していたオグル族から一斉に警戒心が解けた。小人族やスッスは気づかなかったかもしれないが、彼らからの重圧にクレイとブロライトはいつでも戦闘態勢に入れるよう得物に手を添えていたのだ。

もしかしたらこの漆黒の肌をしたエルギンは、オグル族の中でもリーダー格の存在なのかもしれない。

それはともかく。

鞄の中からユグドラシルの枝を取り出し、両手に持つ。

「ユグドラシル覚醒、加熱《ヒート》展開！」

雪を溶かしてから説明をすることにしよう。

＋　＋　＋　＋　＋

オグル族の祖先すら、記憶に定かでないほど遠い昔——

砂と岩だらけだったオゼリフの地に王様が降り立ち、緑と豊かな水をもたらしてくれた。王様は冬を支配する神であったが、命あるものを平等に愛する癒しの神でもあった。

冬の寒さを堪《こら》え、春の日差しを浴びる者は強くなる。厳しい寒さはむしろ強くなるための試練なのだ。

オグル族はそうした教えを信じ、このとんでもない寒さすら受け入れていた。よほどオゼリフの王様を崇拝しているのだろう。日に三回、王様の森に向けて祈りを捧げるオグル族を真似、小人族もオゼリフの王様を崇拝するようになったという。

王様の試練ならば、耐えてみせよう。暖かな春を迎えるまで。

だがしかし、腹は減る。


「カンパーーーーイッ！」

「寒さに感謝を！」

「王様を称えよ！」

これで数十回目の乾杯。

木製のジョッキを高々と掲げ、冷えた酒をこぼしながら喉を鳴らして一気に飲み干す。

「ぶえええへへへーーーい！」

「っかーーー！　美味いっ！　このために生きてるっす！」

小人族はザルなのかワクなのか知らないが、まるで水のように次から次へと酒を飲む。

そりゃ遠慮しないで飲んで、いくらでもあるから、とは言った。

言いました。

言いましたけど、まさか麦酒大樽五つを消費するだなんて思わないだろう。小人族だぞ？　俺の三分の一しかない身長に、三分の一しかない手のひら、胃袋だって三分の一だろうと計算していたがどっこいせ――

こいつら、クレイ並みに食いまくる。

「【これはイモか？　イモがカリカリしてね？】」

「【イモを切って……塩漬けにでもしたんじゃねぇの？　うっめぇ。これヤベエ。止まんね】」

オグル族はオグル族で黙々とフライドポテトばかり食っていた。

彼らは、ドルドベアの焼き肉や燻製肉、ロックバードの照り焼きや蒸し焼き、サーペントウルフの肉団子ネコミミシメジ巻きなどなど、トルミ村で料理してもらったご馳走を一通り食った後、フライドポテトに夢中。なぜに。

オグル族と小人族の合同村に到着してすぐ、俺は一面の雪と氷を溶かした。俺があっという間に雪を溶かす様を見たスッスは、でかい目を更にでかく見開き、目玉が落っこちんじゃないかなって心配になるくらい驚いていた。

そしてしばらくの沈黙の後、大地を震わすほどの大歓声。小人族もオグル族も驚きはしたが、それよりも久々に見た大地に大喜び。

なぜ、どうして、と怒涛《どとう》の質問攻めにあったのだが、俺の「魔法です☆」のテヘペロ一言で「なるほどー」と、納得。いいのかそれで。

オグル族は魔法の扱いが不得手だが、小人族はそこそこ魔法を扱う。小さな火を灯したり、部屋の掃除をするためつむじ風を起こしたり、生活の一部として魔法を使っていた。

そういえばスッスは隠密技能《ハイズスキル》っていう、気配を消すことのできる特別な能力を持っていたっけ。あれも魔法の応用らしく、魔法を扱えるからこそ使える技らしい。

スッスがやって来て、俺に酌をしようとする。

「兄貴、兄貴兄貴兄貴、飲んでるっすか？　食ってるっすか？」

「飲んでるし食ってる。俺に気を遣わないで好きに飲み食いしろよ。ほれほれ。しばらく満腹になっていなかったんだろ？」

「うおっと！　おいらの好きな肉のスープっすね！」

スッスにどんぶりなみなみの肉すいとんを見せると、スッスは両手を上げて歓喜。半べそをかきながらがっついた。

餓死寸前だったはずなのに、異様に陽気な小人族はそうと感じさせなかった。

だが、空腹なことに変わりはないだろうと寸胴鍋いっぱいの豆スープを取り出してみたら、怪獣の断末魔のごとくすさまじい腹の虫が大合唱。

オグル族に至ってはテメェぶちくらわすぞって目でスープを睨むもんだから、俺の頭皮にビーの爪が食い込んだ。いいかげんビーには驚くたび俺の頭に爪を立てる癖をなんとかしてもらいたい。

すっかり雪も溶けきった村で俺たちは歓迎され、急遽作られた青空宴会場に料理を並べた。馬車の中からは大量の食材を出し、俺の鞄からは作ったばかりの料理を出した。

スッスは村の皆に俺の鞄が魔道具《マジックアイテム》だからこそ、温かなスープが出せたのだと説明をしてくれた。魔道具《マジックアイテム》ではなく俺自身の異能《ギフト》なのだが、そこは黙っておく。ともかくこれで、大っぴらに鞄が使えるようになった。

これまで絶食に近い状態だったのだから胃袋に優しいスープだよなと気を遣ってみた。が、スープだけでは満たされないと村人たちの腹の虫が泣き叫び、それじゃあ肉を食うかと聞いたら彼らは揃って両手を天に上げ、「はあーいっす！」と良いお返事。

「しばらく小食であったのに、あんなに肉を食って腹が痛くなるのではないか？」

「クレイストン、これだけ美味い料理の数々じゃ。腹が痛くなっても食い続けるのじゃろう」

既に酔っ払いのドンチャン騒ぎになっている小人族を案じながら、クレイは肉の塊を豪快に咀嚼。

ブロライトは両手に焼きおにぎりを掴みながら、それをぺろりと食べた。

いや、腹が痛くなったらそもそも食えないだろうよ。小人族もオグル族も重たい肉料理なんてものともしない胃袋を持っているだけ。

トルミ村やベルカイムの名物を出しまくったら、それも嬉々として食べてくれた。

スッスは感謝をしながら次々と食べ進め、しばらくすると現状を教えてくれた。

「おいらたち満腹にはならなかったんすけど、水には困らなかったっす。それに雪を掘って土を掘れば、王様のイモがあるんす。ベルカイムでも売っている、ぬるぬるするイモっす」

「ぬるぬるするイモ……ああ、里芋か」

「そうっす！　兄貴がサトのイモって言っていたそれっす。おいらたちは王様のイモって呼んでいるっす」

食感とぬるぬるっぷりが里芋に似ていたので、俺は勝手に里芋と呼んでいるイモ。大きさはラグビーボールくらいある。ベルカイムやトルミ村で作られている、比較的育てやすいイモだ。

「ベルカイムでは煮たり焼いたりして食ったんすけど、ここでは蒸《ふ》かして食うだけなんす。おいらは料理なんてできないっす。だから……ベルカイムの屋台村を知っているおいらとしては……ものすっごく……」

物足りない。

スッスは照れながら笑った。

いや、それはわかるぞスッス。美味いものを食ってきた俺が、王都の高級宿屋である黄金天馬で食った謎のどろどろしたアレ。アレは思い出すだけでも……いや、思い出すほど印象は残っていない。とても不味かった、としか。

ベルカイムは地方都市ながらも食べもの事情は豊かだ。様々な調味料を駆使して作られる料理は、基本が美味い。美味いものを追求し続ける屋台村代表のヴェガは、俺の前世の知識を有効活用してくれている。じゃがバタ醤油しかり、焼きおにぎりしかり、大判焼きしかり。

俺すら美味いと唸る料理の数々を知っているスッスだ。空腹こそ最大の調味料とはいえ、辛かったことだろう。

「里芋なら煮っ転がしが好きだな」

「領主煮《りょうしゅに》！　ううっ！　おいらもそいつが大ッ好物なんす！　でもでも、あの味はおいらじゃどうしても作れないんす！」

俺も作れるかと問われたら微妙だ。あれは屋台村の諸君が俺の細かなリクエストに応えてくれた結果、やっとこさ作られたものなのだ。ちなみに、里芋の煮っ転がしは「領主煮」と名付けられ、ルセウヴァッハ領主のお墨付きを貰った料理として有名。

あのキラキラシャラシャラした麗《うるわ》しの領主が、里芋の煮っ転がしをほふほふ言いながら食っている姿なんて想像できない。

できないがしかし、真実。

そうか里芋の煮っ転がしも持ってきてやれてたらなあ、なんてあの味を懐かしんでいると――

杖をついた小柄な老人と、同じく杖をついた大柄な老人が姿を現した。傍には数名の女性が付き従っている。

「村長、起きられたんすか？」

スッスが小柄な老人に近づくと、村長と呼ばれた老人は微笑みながら頷いた。

「ふぉふぉ、こうも暖かく過ごせるんすよ。起きなければもったいないっすよ」

村長は小刻みに震えながら、用意された椅子にゆっくりと腰をかけた。

大柄な老人は、小人族の村長の傍に寄り添い、その場で腰を下ろす。

「村を代表して感謝を伝えたいっすよ。あなた方は、わしらに春をもたらしてくれたっすよ」

「【俺も感謝させてくれ。あんまりにも寒すぎて、リルウェの村長はくたばっちまいそうだったんだぜ】」

皺《しわ》だらけの顔で微笑む小人族の村長に続き、豪快に笑ったのはオグル族の総長。真っ黒の肌に波のような白い刺青《いれずみ》が走る、印象的な姿をした老人だ。

「【この爺様はリルウェ族たちの心の支えなんだ。俺たちオグル族も、こいつのおかげで救われたことがマジ何度もあんだぜ。俺からも礼を言わせてくれや】」

ありがとよ、と。

二人の長《おさ》は深々と頭を下げた。

彼らに従う数人の小人族、オグル族らも一斉に。

村全土を覆う結界《バリア》の中とはいえ、まだまだ冷え込む。俺は二人に頭を上げてもらうと、早く室内で暖まってくれと頼んだ。お年寄りは大切に。

この村に来たのはギルドから依頼されたからだ。それに、まだ見ぬ地に行って新しい素材を探したいという気持ちもあった。

大量の食料を運べたのは俺の鞄のおかげだし、俺の不純な動機にもかかわらずついてきてくれた仲間がいたから、ここまで来られたのだ。

神様に祈るように、涙ながらに感謝されることではないんだ。

長を見送ったあと、わいわいと宴会を楽しむ面々を見渡す。そして、やっと気づいた違和感。

お年寄りの数が圧倒的に少ない。

これはどうしたことかと何気なくスッスに問えば、スッスは目を涙で潤《うる》ませぽつりと呟く。

「あれ？　そういえば」

「……体力のない年寄りが真っ先に死んでいったんす。薬を飲め、たくさん食えと言ってもおいらたち若いやつらに譲るばっかりで」

仕方のないことだとスッスは言った。

笑って言えるようなことじゃないのに、スッスはそれでも笑った。

悲しみに浸《ひた》っている場合ではない。生き残った者は、生き続けなければならない。それならば笑って生きようと。

小人族たちは涙を笑顔に変え、なんとかなるさ大丈夫だと生き続けた。

そうして今の小人族があるのだと。

俺たちがもう少し早く来ていればとか、グリッドの依頼がもう少し早ければとか、一瞬でも考えた。

だが以前プニさんに言われた言葉を思い出した。

その考えは、傲慢《ごうまん》なのだと。

——お前は苦しむものをすべて救うのですか？　救うたところでどうするのですか？　何千何万とある魂を、その憂《うれ》いが消え去る最期《さいご》のときまで面倒を見るというのですか？　お前は優しすぎるのです。全てを救おう、救えるなどと思うてはなりません。

プニさんのその言葉は胸に突き刺さった。

だから俺も割りきるようにしている。過ぎてしまったことは、変えられない。助けられる時に全力で助ければいいんだ。

助けてくれと仲間が言うのなら、その声に応えるまで。

俺は再び決意した。

宴会が終わり、それぞれが散らばり帰宅の途に就く。

俺たちは広場に場所を借り、馬車の中で寝起きをすることにした。俺たちが滞在している間は広場が食堂になるだろうから、簡易的なかまどを数個造らせてもらう。

「【タケル殿、タケル殿、ちょっと栄誉の竜王と話しさせてくんねぇ？　通訳頼むわ】」

四個目のかまどを造っていると、スッスを肩車していた漆黒の肌のオグル族、エルギンが遠慮がちに聞いてきた。その背後には数人のオグル族を引き連れて。

　オグル族は肌の色が黒に近ければ近いほど、力が強く勇敢な戦士とされている。エルギンはオグル族の中でもひときわ大きく、若者たちのリーダー的存在。背中のもりもりの筋肉はクレイそっくり。

「【アタイにも話をさせてくんない？　リザードマンの筋肉ってすっごいのね。やっばー】」

「【どんな鍛え方をしてんのコレ】」

　出るとこ出て引っ込むとこ引っ込んだナイスバディな褐色の肌の女性たちが、大きな緑色の目を瞬かせてクレイを凝視している。オグル族の女性には、屈強な身体のリザードマンが物珍しいらしい。遠慮がちにだが、大胆にクレイの上腕《じょうわん》二《に》頭筋《とうきん》や広背筋《こうはいきん》に触れていた。

　やはりゴリマッチョ一族はゴリマッチョに興味を示すのか。俺は「そんなひょろっちい腕してるんだからもっと食いなよ」と心配されてしまった。悲しくなんかないやい。カニ退治ができればそれでいいんだい。

　一方、ブロライトは小人族に大人気。

「わたしもベルカイムに滞在するようになって、このような素晴らしき味の料理を食えるようになったのじゃ。それに、アルツェリオの王都ではこのオコメを発見してな。タケルが様々な料理に化かしおったのじゃ！」

「おおーー！　まさかこの美味い飯がエペペ穀だとは思わなかったっす！」

「エペペ穀なら山のほうにたんと生えているっす！　春になったら村の近くにもエペペンテッテを植えてみるっすよ！」

「そうっすね！」

老若男女数十人がブロライトを取り囲み、きらきらした目で見まくり、質問攻めにしていた。こっちは通訳をしなくてもいいが、どうにもあちこちに後輩がいるようで気になる。

小人族は男性も女性も基本的に似た容姿をしている。そりゃ女性は女性だと必ずわかるが、顔立ちや喋り方はほとんど一緒。声色までも皆似ているものだから、右を向けばスッスがいて、左を向けばスッスがいる。振り返ればスッスがいた、なんて状況だったりする。

だがスッスは冒険者だけあり、興奮して一方的に質問しまくるということはない。スッスはベルカイムに来てから、この一族の特徴でもある質問攻めを直すよう努力したらしい。エウロパのギルドマスターにさんざん言われまくった結果、落ち着いて話ができるようになったのだ。

そのおかげでスッスだけは見分けることができる。やたらと質問してこない小人族は、スッスだけなのだから。

「ああそうだ。スッス、今のうちにグリッドさんと連絡を取ってくれ。グリッドさん、心配していたんだからな」

「グリッドさん……うう、ありがたいっす」

「ピュイ、ピュピュ」

「ん？　兄貴、ビーはなんて言っているっすか？」

「ビーも心配していたんだぞって」

「ううう っ、ありがたいっす！　おいらは幸せもんっす！」

鞄から取り出した通信石にギルドリングを翳《かざ》し、スッスに手渡す。スッスは通信石をうやうやしく両手で掴むと、頬を赤くさせながらわくわくと喋る準備。

だがしかし、通信石はまったく反応を見せない。

「ん？　おかしいな」

「ピュ」

「どうしたんすか？」

「いや、ギルドリングを翳してすぐに連絡が取れるはずなんだけど」

グリッドが直接出なくても、ギルドの誰かが通信石の側に控えている。有事のさいなど即座に対応できるよう通信石を見張る者が必ず側にいて、ローテーションが組まれているはずだ。

それなのに、返答がない。

ビーが通信石をべろべろと舐め、首をかしげる。いや舐めるなよ。

「ピュー、ピュイ、ピュピュー」

「魔素があるのに、魔素が出ていかない？　……また抽象的な例えをして」

「ピュヒッ」

魔素が出ていかないって、つまりは通信石が通信できないということだろうか。

プニさんが言っていた、魔素の濁りというのに関係しているのだろうか。

それじゃあ通信石に魔素水でもぶっかけてみるかなと、鞄を手にしたら――


――オオオォォーーーーン……


村の外、森の奥。

遠く遠く、獣の遠吠えが聞こえてきた。

獣の遠吠えというより、サーペントウルフのそれに似ている。ただしサーペントウルフにしては声が低く、厚みがある哀しげな声。

どんちゃん騒ぎをしていた小人族たちは、一斉にブロライトの背後に避難。それぞれオグル族やクレイの背後に隠れるように身を潜め、身体をかたかたと震わせている。

スッスも頭を隠して尻丸出しの状態のまま、俺の背後で恐れおののきながらぽつりと呟いた。

「おおお、お、王様っす」

「王様？　森の王様……古代の神様、オーゼリフか」

「自我を失った王様が、苦しんでいるっす」

自我を失った王様。

いやちょっとお待ちなさいよ。

そんな不吉なフラグ、ぺろっと言うなって。

7　王の憂いと、うなじの悪寒《おかん》

王様の森の手前に位置する合同村は、朝が早い。

闇夜が明ける前から村人たちは起き出し、朝食の支度をはじめる。

マデウスに住む一般庶民は基本的に早起きで、その理由はかまどに火を入れなければならないからだ。

「この火打石《ひうちいし》を擦って、火花を麻糸につけるんすよ。乾いた草に火種《ひだね》を移してから、これをかまどに入れるっす」

小さな台所で胡坐《あぐら》をかき、かまどに火を入れる作業を見学させてもらった。

にこにこと上機嫌で朝食を作りはじめるのは、スッスの姉のサッサ。スッスよりも小柄で、だけど顔はスッスに似ている。

このかまどに火を入れる作業も、種族ごと地方ごとで特徴がある。

王都は火をつけるための魔道具《マジックアイテム》が庶民にも普及しているので、火打石で火をつけることは滅多にない。ベルカイムですら、台所の調理器具は魔道具《マジックアイテム》だった。

トルミ村では、宿屋とアジトの台所に最先端の魔道具《マジックアイテム》使ったコンロを揃えている。

希望者がいれば王都でコンロを仕入れると言ったのだが、便利ではあるけれどよくわからない器具よりも、使い慣れた火打石のほうが良いと言われた。

なんでもかんでも便利になればいいってもんじゃないらしい。火打石は代々その家の台所を守る者に継がれる大切なもの。

そうした考え方はこの合同村でも同様で、サッサは母親に譲られたという火打石を大切そうに扱い、見事な手つきでかまどに火を入れた。俺だったらもたもたして三十分以上はかけてしまうかもしれない。

「タケルさん、この皮はとてもよく燃えるっすね。アタシ、ビックリしたっす」

サッサはダウラギリクラブの甲羅を燃やしながら、嬉しそうに笑った。

スッスの一族、ペンテーゼファミリーは家族親類合わせて百人以上いる大所帯。小人族の若者はスッスのように都心部へ出稼ぎするのが一般的らしく、郷で暮らしているペンテーゼファミリーは長男と長女、そして両親祖父母のみ。子供ができた男女は生まれ故郷に落ち着くのが掟。

スッスはペンテーゼ本家の三男坊で、五人兄弟。ただし、長女サッサには五人の子供がおり、長男のサッサにも六人の子供がいる。毎日大量の食事が必要なため、この冬は本当に参ったのだとサッサは笑っていた。大変だったのに笑えるって、すごいことだと思う。

「これはダウラギリクラブっていうクラブ種の甲羅。油がたっぷりあって、燃料としても使っている村があるんだ。これは各家庭に配るよ」

「まああまあまあ、本当すか？　あれだけたくさんご馳走になったんすよ？」

「たくさんあるので」

「はあー……スッスから聞いていたけど、本当なんすねえ。無欲っていうか、人がよすぎるっていうんすか？　大丈夫すか？　騙されたりしないんすか？」

「あはは」

スッスは俺たち蒼黒の団を、まるで英雄か何かのように褒め称えていたらしい。

厳しい寒さと雪のせいで家からなかなか出られない子供たちは、スッスに旅の話をねだった。なかでもベルカイム所属の蒼黒の団の話が子供たちはお気に入りで、スッスはまるで物語の登場人物かのように語っていたという。

勇敢なる栄誉の竜王、美麗《びれい》の森の狩人、白き憂いの女神、漆黒の翼竜、そして——

「ほらほら、顔洗って目を覚ましてくるっすよ！　今日はアンタがくれた食材で、とびきり美味い飯を作るっす！」

俺も何か手伝おうと腕まくりをしたのに、サッサは俺を台所から追い出してしまった。それと同時に年長の子供たちが台所に入り、サッサの手伝いをてきぱきとはじめた。

いやさっき顔は洗ったんだけどね。

そんなに寝ぼけた顔をしているのかな。小人族は俺のことを見て「話の通り眠そうだ」と言うのだ。スッスは俺のことを優秀な素材採取家だと言ってはくれたが、いつも眠そう、というオプションを付けてくれた。

スッスめ。なんで俺だけ恰好いい例えをしてくれないかな。黒衣《こくい》の素材採取家とかなんとか……思春期こじらせた二つ名を思いつき、いやいやねーわと慌てて否定。

それはともかく、朝食作りは任せてしまっても良さそうだ。それなら雪が溶けた合同村でもふらつくかな。

オグル族用の扉から屋外に出て村の外を見ると、相変わらず結界《バリア》の外は猛吹雪。

きっと結界《バリア》の上に大量の雪が降り積もっていることだろう。大木のてっぺんまで降り積もったら、一度登ってみるのもありだな。きっと真っ白の絶景が見られるはず。

村の中央ではクレイがオグル族に槍術《そうじゅつ》を教えていた。オグル族の中でも特に戦闘能力の高い若者たちを集め、槍の扱いを指導しているようだ。オグル族たちは長い木の棒を持って何かを突き刺す練習。ますます戦闘能力が上がることだろう。

加熱《ヒート》魔石のおかげで結界《バリア》範囲内は寒くないが、真っ白けの天井の隙間から見え隠れする吹雪が寒さを忘れさせてくれない。

オゼリフ半島の異常なまでの寒さは、古代狼《シグリドウォルフェイウス》が狂っているとかなんとか。王様の森に棲む古代の神様は、普段なら温厚で優しい神様らしい。それなのにある日突然空を隠し、雪を降らせた。いつもいつも思うんだけど、神様って自分が神様であることを自覚しているのか謎だ。人なんかペッと弾きつぶせるほどの力を有しているのに、その力の大きさをちゃんと考えていない。これはビーの親、ボルさんにも言えること。

魔素が原因だかなんだか知らないけど、神様だったらもっと考えてほしい。

自分の力によって迷惑を被《こうむ》る人がいることを。

「タケル、タケル、やはりおらぬぞ。プニ殿が未だ帰ってこぬ」

「ピュピュ」

さて朝ごはんはなんだろなと考えながら歩いていると、ブロライトがビーを伴って走ってきた。その手に籠《かご》いっぱいのトルミ産キノコグミと、背後に小人族とオグル族の子供たちを引き連れて。

ブロライトはキノコグミを食べ歩きつつ、ビーや子供たちに配布。子供たちは口を大きく開けて美味しそうにキノコグミを食べていた。小鳥か。

「昨日の夕飯の時間になったら絶対に戻ってくると思ったのにな。そろそろ朝食の時間だし……どこに行ったんだ」

「偵察した先で何かがあったのじゃろうか……」

「ピューピュイ、ピュイピュピュ」

心配をするブロライトに反し、ビーはあんなの放っておけと抗議。

曲がりなりにも神様なのだから、危険な目にあっても避けられるだろうけど。プニさんは攻撃こそできないが、回避には長《た》けている。俺やクレイの背後に隠れるのがとてもお上手。あと逃げ足も恐ろしく速い。馬だけに。

俺は木の根によっこらせと腰をかけて、ブロライトが差し出したキノコグミを食べる。

トルミ産のキノコグミは甘くて食物繊維が豊富で、お菓子というよりも野菜感覚で食べられる優れもの。リベルアリナの加護があるとかないとかの、実はランクCの高級食品だったりする。

「自我を失った王様っていうのに攻撃を受けた、とか?」

「ピュイ～、ピュピュピュ、ピュプッ」

「ん？　そうか。プニさんに何かあったら、ビーも気づくはずか」

「ピュッピュ」

ビーはプニさんと長いこと行動を共にしていたおかげで、互いの意識をなんとなく共有することができるらしい。

考えていることがわかるわけではなく、存在がわかるのだ。もしもプニさんの身に何かがあれば、ビーはすぐに察知することができる。場所まではわからないが、今はどこかで無事にしているのだと教えてくれた。

「にーちゃんにーちゃん、しゃぼんだまみせてー」

「【あれまじやべぇよな。すげぇ飛ぶ玉。見せろ見せろ】」

わらわらと遠慮なく俺の背中によじ登る子供たちは、俺の鞄を叩いてシャボン玉をねだる。昨夜の宴会の時に披露して大好評だったのだ。あとで子供たちの分を量産せねばと思いつつ、忘れていた。

「うーん、シャボン玉液はすぐに作れるんだけど、ストロー代わりのフキがないんだよ」

鞄を開いて手を突っ込み、フキの在庫を切らしていることを確認。硬くなりすぎて食用に向かないフキじゃないと、シャボン玉を吹く耐久力がないのだ。このフキは山菜が採れる山の中に自生しており、こういった森の中では採れない。

そもそもここは王様の森の入り口。ここに自生している野草や薬草、キノコや木の実といったものは採取しても良いのだが、オグル族が聖域としている王様の森には近づいてもいけないらしい。

今手元にフキが一本だけあるが、それだけだと取り合いになってしまうだろうし、かといって金属を加工して口に咥えさせるのもちょっとな。針金は持っていないから、どこかでいらない針金を探さないと。

俺が頭を悩ませていると、両手に枯れ枝を抱えたスッスが駆け寄る。

「ほらほらお前たち、兄貴の邪魔をするんじゃないっすよ！　家の手伝いをしないと、母ちゃんにどやされるっす！」

子供たちはスッスの登場にキャアキャアはしゃぎ、蜘蛛の子を散らすように逃げていった。

小人族の子供はオグル族の子供の半分も身長はないが、そんなことを気にせず仲良くやっているようだ。背の高いオグル族の子供が、小人族の子供を小脇に抱えて走っている光景はとても平和。その後ろをブロライトが嬉々として追いかけているんだけど、オイコラさっきまでの心配どこいった。

スッスは苦く笑いながら枯れ枝を地面に置き、俺に頭を下げた。

「兄貴すみませんっす。何か、あいつら邪魔したみたいっすね」

「いいや、そんなことないって。元気があるのは何よりだ」

「元気っすよ！　昨日、腹いっぱいに食えたからって大喜びっすよ！」

「そりゃよかった」

ダヌシエで仕入れた品とトルミ村で託された支援物資はほぼ底をついたが、俺の鞄の中にはまだまだ食材が眠っている。合同村の村人全員がプニさん並みの胃袋を持っていない限り、あと数か月は食っていける。村全体は結界《バリア》で覆ったから、この範囲内に生えている野草や木の実などは食べられることだし。

「それにしても……兄貴の魔法はすごいっすね。おいら、こんなすごい魔法を見たのははじめてっす！」

「魔法っていうよりも、この結界《バリア》は魔道具《マジックアイテム》のようなものだからな」

「でも、その魔道具《マジックアイテム》を作ったのは兄貴なんすよね？　やっぱり兄貴はすごいっすね！」

そんなキラキラした目で見ないでほしい。結界《バリア》用の魔石なんて、野宿をする時に虫に刺されたくないからという理由で作っただけの、生活便利魔法の一つとしか思っていないんだから。

楽をしたいという必死の気持ちが、俺の魔法の原動力でもある。そもそも人類の技術進化なんて、基本は楽をしたいという気持ちがあってのことだし。

「スッス、王様の話をもっと聞いてもいいか？」

「おいらが知っているのはほんのちみっとっす。おいらは十二になってすぐ村を出たっすから。そのへんの歴史をちゃんと学んでなかったっす」

「知っている範囲でいいよ、あとでオグル族にも聞くから。どうして王様が自我を失った、なんて言ったんだ」

「それは……」

俺の向かいにあった木の根に腰を下ろしたスッスは、重々しく口を開いた。

数か月前まではいつも通りの秋が来て、いつも通りの冬支度をしていた。

王様は古代狼《シグリドウォルフェイウス》という名の通り、狼の姿をしている。スッスは王様にも越冬の準備をしてもらうため、小人族が作った祭壇に供物をせっせと運ぶ作業を手伝っていた。

この作業が毎年大変なため、出稼ぎに出ている若い連中の手を借りるのが恒例。毎年順番で手伝いを変えているのだが、今年予定をしていた若者の都合が悪くなった。出稼ぎに行った先で結婚をし、ちょうど出産の時期だという。それならばとスッスに順番が回り、手伝っておくれと家族がエウロパに手紙を出したと。

スッスが帰郷をして数日後、突然あのドカ雪が降ってきた。

予告もなく、気温の変化もなく。

雪なんて見たことがなかった村人たちは慌てふためき、だけどこれすごい綺麗ねーキャッフゥ、と喜んでいたのも束の間、雪は容赦なく降り積もる。

「ずっとずっと家の外に出られないまま、おいらたちはのんびり暮らしていたんす。おいらはエウロパに連絡も取れないすから、クビを切られるんじゃないかって心配していたっす」

スッスは貴重な隠密技能《ハイズスキル》持ちだから、そう簡単にクビにはならないと思うんだけど。

というか、極寒のなか心配することがそれってどうよ。

「いくら能天気なおいらたちでも、ずっとずっと降り続ける雪に不安になったっす。雪を食うのにも飽きたっす！」

食ってたんかい。

飽きるほど食ったんかい。

これがトルミ村だったらとんでもない事態だというのに、スッスが話すとあまり大したことないように聞こえてくる。小人族ははじめて見る雪景色を楽しみ、雪の味を楽しみ、引きこもり生活を楽しんだ。

そこへ、オグル族の登場。盛大に腹の虫を鳴かしながらやって来たものだから、小人族は慌てて何か食え何を食うんだ何でもいいから食えと。

「オグル族が言うには、たくさん雪が降るようになったのは王様が眠ったままで冬を管理してくれなくなったから、らしいっす。でもおいらたちの長は、この寒さは王様がおかしくなったからじゃないかって言ってるっす。どっちにしろ今までの王様じゃないってことで、自我を失った王様、っておいらたちは言っているんす」

なるほどな。

オゼリフ半島を守護しておきながらその地に住んでいる種族に迷惑をかけている時点で、管理不行き届きと言える。もう数百年もこの地に暮らしているオグル族に、王様を崇めている小人族に、今更勝手に住んだくせにとは言わせない。

ひと通り説明し終えるとスッスは——

きっと王様は苦しんでいるはず。

そう言って哀しげに俯いた。

「ピュッ？」

「ん？　どうしたビー」

突然ビーが尻尾をピンと立て、辺りを警戒。顔をキョロキョロと動かし、俺のローブの中へ慌てて避難する。

ビーが避難するということは、ランクの高いモンスターを見つけたのだろうか。

追いかけっこをしていたブロライトも子供たちと遊ぶのをやめ、ふと立ち尽くしてから顔色を変えた。ブロライトが子供たちに何かを指示すると、子供たちは我先にとそれぞれの家へ帰っていく。

「タケル！　森の中から何かが来るようだ！」

オグル族たちの鍛錬に付き合っていたクレイは、オグル族の猛者たちを引き連れて森の奥を指さした。

村は一気に警戒態勢。

小人族が村の中央にある警鐘を打ち鳴らすと、家の外に出ていた小人族とオグル族の子供たちが一斉に避難。緊急事態にこの見事な連携っぷりは、慣れているということだろうか。

「あああ、ああ、兄貴、兄貴、おいら」

「スッスも家の中に隠れていてくれ。興味本位で外に出てこないように気をつけて」

「いや、でも」

「俺はともかく、栄誉の竜王と戦闘能力高いエルフがいるんだぞ？　なんの心配もないって」

震えるスッスの背中を押すと、スッスは俺とクレイの顔を見る。クレイが深く頷くのを確認して、スッスの目から怯えが薄れた。

跳ねるように全力疾走《しっそう》をしたスッスは、洗濯物を取り込んでいた小人族に声をかけ、家の中に入るよう促した。

「見事な統率であるな」

クレイが感心しながら村の様子を眺めていると、その背後からエルギンが頷く。

「みな、なんど、やれば、慣れる」

「む？」

「寒い、食う、なくなった、森の、やつら、【村……】む、ら、おそった」

「もしや、たびたびモンスターなどの襲撃にあっていたということか？」

「【やべえだろ】」

そりゃやべえわ。

「王様、眠る……【なんて言やいいんだ？】」

ん？　どういうことだ。

エルギンが身振り手振りで必死に伝えようとするが、言葉がわからず俺に視線を移した。

「王様が眠っているから、王様が仕事をしてくれなくて森の平穏が破られたみたいな？」

「【そうそれ。どんぴしゃ。小人族を襲うようなヤッベェやつらは、もともとこの森に棲んでいねぇんだわ。獰猛なモンスターだって王様にゃ勝てねぇし。王様はそこにいるだけで偉大だかんな。雑魚《ざこ》なんかは尻尾丸めて逃げるぜマジで】」

俺らもドルドベアくらいはやっつけられっし？　と、ニヤリと不敵に笑ったエルギンは、腰に下げていた巨大包丁を手にした。

この巨大包丁、日本の寿司職人が持っているような出刃包丁《でばぼうちょう》や柳刃包丁《やなぎばぼうちょう》によく似ている。ただし、オグル族が持つから超巨大。

ピンと張り詰めた緊張感が漂うと、オグル族は一気に散開。村の各方面へと散らばって警戒を続けるようだ。

「ピュ！」

ビーがローブの下から再度警戒警報を発令すると、俺のうなじにぞぞぞと悪寒が走る。

「うおお……この感覚、忘れてたあああ」

「どうした、タケル」

俺に向けられる敵意を、俺のうなじは寒気として感じ取ってくれる。その敵意を久々に感じることとなった。できれば感じたくなかった。

「嫌な予感はんぱない。すごく強い、とんでもないのが来ている。こっち、真っすぐ」

俺に向かって。

大きな何かが近づく足音。

鈍く、鈍く響く振動は結界《バリア》の上に積もったドカ雪を割る。薄暗い結界《バリア》のドーム内に、僅かな光が漏れた。

オグル族は慌ただしく動き回り、各家の扉を閉めた状態で外から木材を打ち付け、補強を続ける。

飢えた獣は理性を失い、肉を食わんと荒ぶるだろう。素早い動きが得意だとはいえ、小人族はあまりにも非力。各自家にこもって静かに耐えなければならない。襲いくるだろう不安と、恐怖に。

クレイは背負っていた朱色の筒を手に持つと、瞬時に「太陽の槍」へと変化させた。

うなじの悪寒と必死に戦っている俺がいつになく緊張していると、ビーが察して顔面を舐めてくれた。優しいんだが臭い。

「タケル、顔が愉快なことになっておるぞ。如何したのじゃ」

下唇を噛みしめてうなじのぞわぞわに耐えていると、ブロライトが両手にジャンビーヤを構えて訝しむ。失敬だな。

「誰が愉快な顔だ。この悪寒、久しぶりなんだよ。キエトの洞《ほら》以来」

「なんじゃと。お前がそう言うということは……ダークスラグのような、大物が近づいておると言うのか？」

「わからないけど、俺の予感は当たるんだ」

なにせ青年に貰った異能《ギフト》がある。嫌な予感は無視してはならない。虫の知らせってあることだし。

これがもしプニさんのような古代神が相手だとしたら、これほどまでに「嫌」とは思わないだろう。

つまり、やって来るであろう巨大っぽいやつは、高ランクモンスターじゃないかと。

「探査《サーチ》……なんだこれ」

「ピュイ？」

「反応がよくわからないんだ。モンスター……の、反応もある。いちにいさんし……八体、かな？

それと、中央のでっかいやつ」

探査《サーチ》先生が教えてくれたのは、モンスターのような何かが近づいているということだけ。モンスターだとは思うんだけど、今までにない反応だから対応に困る。

オグル族が散開するのを確認したクレイは、険しい顔のまま聞いてきた。

「タケル、索敵《さくてき》は」

「やたらとでかい何かが近づいているっていうことしかわかんない。しかも、ランクS並みのやっべえやつ」

「なんと」

クレイが俺に聞いた索敵というのは、探査《サーチ》のことだ。敵の居所を調べることを索敵と言い、この世界では主に竜騎士《ドラゴンナイト》や冒険者が用いる専門用語。

前世の同僚がサバイバルゲーム好きで、この索敵が難しいけど楽しいんだと言っていた。具体的に何をどうするのかはわからないが、俺の探査《サーチ》も似たようなものだ。

開《ひら》けているとはいえ、巨木が密集した森の中。こんな場所でクレイが魔王化したら、穏やかな森が焦土《しょうど》と化す。そんなんやってみろ、オグル族は俺たちこそ真の敵と見做《みな》すだろう。

広い場所が確保できないとなると、クレイの戦闘力が激減するな。あの大槍は、広い場所でこそ本領を発揮する。

「エルギン、この森の中で広い原っぱみたいなところはあるか？　木が密集していないような開けた場所」

近づく足音に警戒しながら、背後で巨大包丁を構えていたエルギンに問う。

エルギンはしばらく考え、深く頷いた。

「【離れたところに俺らが鍛錬をする場所があっけど、今から行くには離れすぎてるわー】」

「どうにかそこまで誘導できないかな。このままここで戦闘となれば、村が壊れる」

「【家の十戸や二十戸、ブチ壊されてもなんとかなるって。俺たちやリルウェ族は命さえあればしぶてぇぞ】」

そりゃ命あっての物種《ものだね》だが、できれば今後の生活のことも考えないと。

生まれ育った場所というのは思い入れもある。それが壊されてしまう、失われてしまう哀しみは生きる気力をも奪うんだ。修復《リペア》の魔法を使えば物体をあるべき姿に戻すことはできるが、元から付いていた柱の傷などを復元することはできない。新品同様になってしまうのが利点であり、欠点でもある。

ともあれ俺に敵意を向けているのは確かなので、誘導はできるだろう。おとり、俺。

俺たちは村の端に移動をすると、そこで戦闘態勢に入る。

「ブロライト、タケル、オグル族に後《おく》れを取るな。ビー、火炎放射は場所を選べ。燃え広がりでもしたら、小人族が死んでしまう」

「ピュ！」

「タケル、できうることならばこの薄暗さを解消してくれ」

「おっけー。エルギンたち、松明《たいまつ》を消してくれないかな。森の中で火はご法度《はっと》だ」

クレイの指示に頷き、俺は手のひらの上に眩《まばゆ》さを抑えた照光《リヒルート》を作り出す。

俺の意図を即座に理解したエルギンは、仲間たちに指示をして家屋の側や広場に灯された松明を消した。

薄暗くなった結界《バリア》内に照光《リヒルート》を数個放ち、輝きを強くさせる。突如辺りが真昼の明るさになったことで、エルギンたちオグル族は歓声を上げた。

「ピュイ……ピュピュ」

ビーが不安そうに俺の腹にしがみ付く。

足音がどんどん近づき、結界《バリア》に到達しそうだった。しかし結界《バリア》の上に積もった雪のせいで、外の様子はよくわからない。

照光《リヒルート》に意思を込め、発熱するように調整。結界《バリア》の外側に熱気が向かうようにすると、みるみる雪が溶け出した。

「【オイ……なんだよ、あれ】」

誰かが呟いた。

大量の水蒸気と大雪のなか、ゆっくりと歩みを進めるそれ。

山ほどある巨大な身体。

巨漢のオグル族が暮らせるほどのカブっぽい木を数本並べても、更に大きい。純白であるはずだろう毛皮は、赤や緑や青の血と土などで汚れている。真っ赤な瞳をぎらぎらと輝かせ、鋭い牙を剥き出しにして大量の涎《よだれ》を流していた。

歩くたびに雪が溶けてぬかるんだ地面が深く沈むほど、その重量もけた違い。

「モンテール……ウルフ……？　いや、あのような巨体になるわけがない。なんなんだ、あれは、いったい」

クレイの呟きが静かに響く。

ランクBのモンスターであるモンテールウルフに似ているが、纏っているオーラが違う。百戦錬《ひゃくせんれん》磨《ま》のクレイすら、見たことがないモンスター。その姿はまさに異様。

巨大なモンスターを取り囲むように、様々なランクのモンスターが追従している。それぞれに纏うオーラのようなものが違う。見慣れているはずのモンスターすら、別個体に思えるほど強そうだ。これはまるでモンスターの大行進。

「このような光景は……今までに見たことがあるか？」

「クレイが見たことないんなら、俺だってブロライトだって見たことないだろう」

モンスターの行進から目を逸らさずに、ブロライトは頷き、そして声を上げる。

「タケル、あの大きな個体はなんじゃ！」

「ええと、なんだろうな。えええええと、す、調査《スキャン》！」

ブロライトに両肩を揺さぶられながらも俺は杖を構え、まずは巨大モンスターを探る。

解析不能

えっ。

えっ？

いやそんなまさか。

「ふー、集中集中……せーのっ、調査《スキャン》、展開っ！」

【サーペントウルフ亜種　ランクB】
古代狼《シグリドウォルフェイウス》より溢れ出た特殊な魔素により変異。理性を失っている。

【ドルドベア亜種　ランクA】
古代狼《シグリドウォルフェイウス》より溢れ出た特殊な魔素により変異。理性を失っている。

【グロートサーベル亜種　ランクA＋＋】
古代狼《シグリドウォルフェイウス》より溢れ出た特殊な魔素により変異。理性を失っている。

うおっ、情報が一気に流れ込んできた。

調査《スキャン》は使うのに慣れているというのもあって、普段は無詠唱で乱用していた。改めて集中して詠唱をしてみたことで性能が増し、それによってとんでもない情報量になった。

古代狼《シグリドウォルフェイウス》、つまり王様がどうにかなっちゃったせいで、森を根城《ねじろ》にしていたモンスターたちに悪影響が出たということか。これは怖いな。

高ランクモンスターというのは、基本的に賢い生き物だ。自分より強い相手には無謀な戦いを挑もうとしないし、冷静に動くことができる。

だが、理性を失ったモンスターというのは動きが読めない。

自らの命を大切にしなくなるので、死ぬ気で襲ってくる。目の前のものが動かなくなるまで戦い続けるということは、どんだけ逃げても追いかけてくるということ。

「でかいやつの周りにいるのは、王様から出ている特殊な魔素で変異したモンスターだ。ランクも、高い」

「変異種か……厄介だな」

俺が眉間を手のひらで叩きながらそれぞれに情報を伝えると、クレイは渋い顔をし、エルギンは好戦的に笑った。

「【すっげぇヤッベーやつらだってことだろ？　ははっ、返り討ちにして晩飯にしてやんよ！】」

あら頼もしい。

さすが武闘派民族オグル族。巨大包丁を舌舐めずりする姿はどう見てもラスボスです。

ブロライトは不安そうにしながらも、オグル族らのやる気に満ちた姿を見て笑みを浮かべた。

そして俺は、自慢の調査《スキャン》先生でも解析不能だった、あの巨体に視線を移す。

あれは。

「あのでかいやつは……たぶん、暴走した王様」

俺が小さく呟くと、クレイの怒声が飛んできた。

「はあっ!? あのように、あのように禍々《まがまが》しい姿をした古代神がおるか！　どう見ても邪悪なモンスターであろう！」

「だってプニさんを調べた時と同じ反応を示したんだから、そうとしか思えないだろう！　俺の調べる力は特別な異能《ギフト》だけど、さすがに神様を調べることはできないんだ！」

ビーのような見習い神様だったら調べることはできるけど——ビーの親であるボルさんの時も同じように調べられなかった。というか、あの時は調べる心の余裕すら与えてもらえなかった。

プニさんを調査《スキャン》しようとすれば、ホーヴヴァルプニルという名前こそわかるが、他は「解析不能」と出る。

これは俺の予想なんだけど、特定のランクを超越したら俺の力の範囲外ってことで、調べられなくなるんじゃないかと。

「グルルル……」

背筋が凍るような、低い唸り声。

俺にボルさんと対峙した時の経験がなければ、腰を抜かしていたかもしれない。

真っ赤な目をした巨大な汚い狼は、俺をしっかりと捕捉。俺がちょろちょろと動き回るのを、目で追っているのがわかる。

古代神は人の食べるものを口にすることができるが、食べなくても魔素さえあれば存在を保つことができる。プニさんが食事をするのは完全に道楽で、あれだけ大食いなのに彼女にしてみればただの趣味なのだ。

俺を狙っているということは、王様は腹が減っているのだろうか。

ダヌシェの魔素が不安定だったように、オゼリフの魔素も不安定だとしたら、あれだけの巨体を維持するだけの魔素が足りていないのかもしれない。

それで、よりたくさんの魔力を持った俺を食べようとしているわけ？　やだー。

「【王様……マジかよ、あんな姿になるとかなくね？】」

「【なくね？　ありえなくね？】」

「【無理じゃね？】」

「【やばくね？】」

背後でオグル族らが不安そうにしているが、会話だけ聞いていると緊張感に欠ける。

だがたった一人、エルギンだけは溢れ出る闘志を絶やそうとはしていない。目が輝き、期待に満ち溢れている。興奮しているからか、全身から湯気が上っていた。押さえなければ今にも飛び出してしまいそうだ。

これは目の前の壁が高ければ高いほど、どうやって登ってやろうかと楽しみになるタイプだ。オラわくわくすっぞ系男子と一緒。

「ドM……！」

「何か言うたか」

「イエナンデモ」

地獄耳なクレイは置いておいて。

俺としてはどうやってこの場から逃げ、じゃなくて、広い場所に行けるだろうかってことを考えるだけ。あんな化け物みたいなでかいやつ、倒そうと考えるだけ無駄だ。というか、古代神って倒せるわけ？　殺しちゃったら、世界に悪影響とか出るんじゃないの？　既に影響出まくっているけど。

こういうことはプニさんに確認したいのに、あの馬神様どこまで散歩しに行ったんだよ！　この場でじゃがバタ醤油出してやろうか！　匂いで釣られてきたら、質問に答えるまでお預けしてやるからな！

「構えろ！」

クレイが号令をかけると同時に、モンスターたちが特攻してきた。

次々と結界《バリア》にぶち当たっては、諦めずに体当たりを続ける。本来なら二、三回ぶち当たれば諦めていってしまうものだが、恐怖が失《う》せてしまったのか、諦める気配がない。

この結界《バリア》は、ミスリル魔鉱石と魔素水を使った特製結界《バリア》魔石によるものだ。そう簡単に破られるわけが……


——ビシッ。


王様の右脚が結界《バリア》に振り下ろされると、透明の膜《まく》にヒビが入った。

「うっそお！」

「なんたる威力じゃ！」

俺の叫びとブロライトの叫びが重なる。

キエトの洞でナメクジ退治をした時の結界《バリア》よりも強いやつなんだぞ！

俺の魔法は万能だなんてことは言わない。言わないが、時間をかけて作ったちょっと自信ありの結界石なのに！

「ピュイイィッ！　ピュイイィ！」

「いだあっ‼　痛い！　落ち着きなさい！」

「ピュイイィ〜〜ッ！」

恐怖のあまり叫ぶビーが、俺の背中に爪を立てる。

クレイからも緊張が伝わる。クレイは王様を睨みつけたまま唾を嚥下《えんげ》し、既に魔王降臨の準備中。

いやここで化けるなって。

俺がおとりになって村を出るとして、どこまで行く？

ビーは怯えきっていて、俺を運べるとは思えない。俺の飛翔《フライ》は速く移動できない。身体能力を上げたとしても、そもそも飛ぶことが苦手な俺はあっという間に王様に食われる。飛ぶことが得意なプニさんはいない。それ以前にこの森に村より開けた場所なんてあるのだろうか。いやさっきエルギンが離れたところに鍛錬する場所があるって言ってたな。

「さて」

マデウスに降り立って一年近く。

こんなに緊張するのはボルさんに逢った時以来だ。

相手は言葉の通じない古代神。マデウスに数多《あまた》存在する神様のなかでも、位の高い、太古から存在する神。きっと、はちゃめちゃに強い。巨大ナメクジの比じゃない。

だけどな。

なんだろうな。

なんとかなる気がするんだよ。

8　疾走、王様とわたし

大地を激しく揺らす王様の咆哮が轟《とどろ》くと、あれだけ吹雪いていた雪がぴたりとやんだ。まるで王様の合図で雪の攻撃が止まったかのよう。

このドカ雪はやっぱり古代狼《シグリドウォルフェイウス》の仕業《しわざ》だったのか。あんにゃろう。

マデウスにおいて神様という存在は、何かの象徴であると同時に超自己中心的な生き物でもある。なかでも大昔から存在していた古代神たち。こいつらは本当に酷い。

代表選手は俺がマデウスではじめて逢った神様、古代竜《エンシェントドラゴン》であるボルさん。素直で可愛いビーの親とは思えないほどマイペースで、俺に子供の面倒を全て任せた最強の神様。

その次に大食いの馬神様、古代馬《アルタトゥムエクルウス》であるプニさん。いちに食欲、にに食欲、さんしも食欲、ごも食欲。この世の美味いものなら何でも食べますどこへでも行きます、といった食いしん坊。

エルフが崇める慈愛の神様であり、緑の精霊王《ドリュアス》。通称緑の魔人リベルアリナは古代神ではないけれど、エルフにとっては絶対神。

よくよく考えてみたら、神様らしいことをしている神様ってリベルアリナだけじゃね？　エルフの未来を憂いたり、祝福による加護でトルミ村を豊かにしてくれたり。おかげでトルミ村の住人は、もともと信仰していた創世神《エザフォル》と同じくらいリベルアリナを崇拝するようになった。まあ、姿かたちはアレだけども。

ちなみにマデウスにおいて「神様とは何か」といえば、実際に存在するものとして捉えられている。

だけど普通は見えないし、喋ることもできない。

見えないし喋ることができないからこそ、ありがたみというか神秘度が増すというか……

「グオオオォォォ！」

少なくともあんなに荒ぶって敵意剥き出しの神様なんざ、聞いたことねーわ。

王様の咆哮一つで住居以外の木々が薙ぎ倒され、積もっていた雪が一瞬で霧散。吠えただけなのに、なにあれすごい。

さすがのオグル族らも大半が戦意を喪失。崇めていた王様の無残《むざん》な姿と、恐ろしさに嘆いている者すらいる。

――ガンッ！


王様の巨大な前足が結界《バリア》に振り下ろされるたびに、結界《バリア》はヒビをどんどん広げていく。

俺が用心に用心を重ねて作り上げた特製結界《バリア》を、ガラス窓感覚で叩きやがって。

「タケル、タケルッ……我らはここで死を迎えるのか？」

ブロライトは震えながらも懸命に戦闘態勢を取る。

俺たちと王様との、とんでもない力の差を察知しているのだろう。どんなゲテモノ相手であろうが、真っ先に先陣を切るブロライトがここまで怯えるなんて。

だからって、大人しく死んでたまるかよ。

「クレイ、俺たちは負けると思うか？」

俺は、威嚇を続けるモンスター軍団からひとときも目を逸らさない、頼りになるあの背中に問う。

大きな背中からは戦意ばしばし。

意気消沈しそうな気配なんかどこにもない。

クレイは振り向き、口の端をにやりと歪めると、笑ってみせた。

「いや？　不思議と恐れはないのだ」

「そりゃクレイ自身が強くなったからだろうよ。だけどこの場所じゃ、魔王禁止だからな」

「承知。神であろうと、この地に住みし民を襲う理由にはならぬ。我を失《うしの》うておるのならば、横っ面殴り飛ばして目を覚まさせてやるわ！」

一番戦力になるであろうクレイがやる気だ。クレイは力が抑えられないのか、身体を次第にもりもりと大きくさせていく。

そんな頼りになるチームリーダーの背中を見たブロライトは、両手に持っていたジャンビーヤを腰の鞘に戻すと、両手でパンッと己の頬を叩いた。

「森の民が白兵戦《はくへいせん》で負けるわけはないのじゃ！　たとえ相手が神であっても、我が一族の誇りにかけて生きてみせよう！」

両頬を赤くさせたブロライトは、クレイの横に移動して再度ジャンビーヤを構えた。

よし。クレイとブロライトのおかげでオグル族にも覇気が戻ったようだ。俺はみんなに向かって言う。

「クレイ、ブロライト、エルギン、あの結界《バリア》が壊れても、再度展開すれば数分は持つ。その間に俺は村から森の奥へ移動する。そこにはオグル族が利用する鍛錬場があるんだって。王様やモンスターは俺を狙っているから、俺が全力で走ればあいつらも追ってくる」

「ピュ!!　ピュイッ！」

「タケルがおとりになるつもりか？　じゃが、貴殿が走ったところで彼奴《きゃつ》らは素早い。軽く踏みつけられてしまうぞ」

ビーがローブの下から飛び出し、そんなのやめろと俺の顔面に纏わりつく。心配してくれるのはありがたいが、爪が容赦なく頬に食い込んで痛い。

普通の人間なら走ったところでモンスターの足に勝てるわけがない。だが、俺の駆け足は普通じゃない。ウカレスキップ無双《むそう》は時速七十キロを超えるだろう。だとしたら、本気で走ればもっと速く走れるはずだ。

顔面に張り付いたままのビーの背を撫で、なんとか宥める。

「俺の駆け足はむちゃくちゃ速いから大丈夫。魔法で体力も底上げするし、走りながらビーが応戦してくれるだろう？」

「ピュイッ？　ピュ、ピュピュ！」

「開けた場所についたら転移門《ゲート》を開く。そこでなら、クレイもブロライトも思う存分戦えるはずだ。ここだと村が壊れる」

説明をしながら地点《ポイント》となる魔石を地面に置き、固定《フィク》。

念のため小型の結界《バリア》魔石も配置する。もしも王様が俺を追いかけてこなかった時を想定して、村だけは守れるようにミスリル魔鉱石で作った結界《バリア》魔石も用意しておく。

俺は軽い準備運動を済ませると、頭にへばりつくビーに盾《シールド》魔石が付いた首輪を装着させる。

クラウチングスタートの形でも取れば恰好もつくが、いかんせんあれは学生時代にやったきりだ。大切な場面ですっ転びでもしたら、全員からタコ殴りにされるだろう。

「【タケル、俺の足もクソはえぇからテメーについて行く】」

オグル族の一人、褐色の肌をした青年クヤラが森の奥を指さした。クヤラはオグル族戦闘部隊のなかでも年若く、クレイの槍術に憧れている。彼も王様を崇めていた信心深いオグル族の一人だが、クレイの一喝に闘志を燃やしてくれたようだ。

クヤラはエルギンが教えてくれた鍛錬場を案内してくれるのだろう。案内人がいるのは心強い。

「よし。全員こっちに集まって。少しの間、身体能力を強制的に上げさせてもらう」

クレイとブロライトを含む全員に盾《シールド》を展開し、ついでに状態異常防御《プロテクト・シールド》。モンスターのなかに毒の体液を持つ個体がいたから、念のため。それから速度上昇《クイック》と軽量《リダクション》も。

魔法の効果が一目でわかるよう、ぼんやりと身体を輝かせる。そうすれば効果が切れそうになった時、互いに注意し合えるだろう。

これはクレイのリクエストに応えてみた。体力上昇などの魔法は便利だが、気づけば効果が解けてしまっている。できることならば魔法の効果が切れる前に警戒したいと。

俺が集中していれば戦闘中に魔法の効果が薄れることはないが、俺がこの場を離れてしまえば魔法の効果は持って十分か十五分。これだけの大人数だと十分持てばいいほうかもしれない。

つまり、その僅かな時間で王様を広場に誘導しなければならないわけで。

「よしビー、行くぞ!」

「ピュイッ!」

ローブを脱いで鞄の中にしまうと、片手で灼熱炎《フランマ》を作り出す。

「グアアアーーーッ！」

結界《バリア》が粉々に砕け散ったと同時に、王様の鼻面に灼熱炎《フランマ》を叩きつけてやった。

威力のある灼熱炎《フランマ》だったというのに、王様の鼻頭は無傷だった。少しは痛がってくれてもいいのに、水滴が落ちたくらいにしか感じられないのだろうか。

だが、灼熱炎《フランマ》を避けもせずそのまま受け止めた王様は激怒。王様のコバンザメモンスターたちも一斉に俺を捕捉。

それと同時に俺は全力疾走をした。

「こっちだ王様！　お前が好きそうな魔力はここにあるぞ！」

走りながら魔素水を入れた水袋を取り出し、これ見よがしに掲げてやると――

「グギャアッ！　グアアアッ！」

やる気ゲージを振りきった王様は、全速力で俺を追いかけてきた。なにあれ超怖い。

人間よりも動物、動物よりもモンスターのほうがより多くの魔素を必要とする。魔素水は魔素が凝縮された液体だから、飲めば力になるし腹も満たされる。

極寒の地で食うに困ったモンスターにとって、魔素水はご馳走にしか思えないのだろう。

数体のモンスターは、クレイとブロライトが瞬殺。どさくさ紛れになだれ込んだ他のモンスターも、オグル族たちが難なく倒しているようだ。

よしよし、これなら走ることに専念できる。

雪深い道だったが、軽量《リダクション》のおかげで俺たちは風のように走ることができた。その点王様は雪のせいで走るスピードも遅く……

うん、なってない！　めっちゃ速い。

除雪車並みにぐいぐい雪をかきわけて走っている。すげえな、王様。

「【タケル！　あっちだ！】」

「はい！」

大木の合間を走りながらクヤラが道案内。速度上昇《クイック》と軽量《リダクション》をかけただけで俺の駆け足についてくるなんて、さすがはオグル族。クヤラは疲れを見せずに嬉々として走り続け、背後から猛烈な勢いで追いかけてくる王様に怯えることなく誘導してくれる。

真っすぐ進めば広場に着くだろうと思い込んでいた俺は、クヤラの道案内に感謝した。

森は広大なうえ鬱蒼としていて、同じような景色が続くから方向感覚を失う。深い谷があったり見上げるほどの壁が聳《そび》え立っていたりと、とても起伏の激しい場所だった。

倒れた巨木を二人して飛び越えると、王様はそのすぐあとに巨木を破壊しながら追いかけてくる。

荒ぶる神様は確実に俺を食おうとしているな。

「ピュッ！　ピュピュイ！」

ビーの警報と共に王様から何かが放たれ、走る俺たちの頭をかすめた。

「何⁉　今の何！」

「ピュピューイ、ピュー」

「はあ？？　魔法的な何か？　何それ。王様ってそんな魔法使えるわけ？」

【タケル！　前からなんか来る！】」

クヤラが叫ぶと、今度は前方から炎の塊が飛んできた。

あれはロックファルコン！　えらくデカくて全身燃えているけど、間違いない。何度も美味しくいただいたお肉ランキング上位のモンスターだ。

「あー！　今じゃなかったら絶対に倒してた！　ロックファルコンの辛味もったりソースの炒《いた》めモンが食いたかった！　あとから揚げ！」

「ピュイッ！　ピュピューィ、ピュイ！」

「いや、今は広場に行ってから！」

ビーがちょっと倒してくる？　と言ってくれたが、そんな暇はない。王様をなんとかして、それから狩ろう。

背後からは再び王様が放つ謎の光線。光線が当たった木は瞬時にして溶けていた。古代狼《シグリドウォルフェイウス》の攻撃、はんぱねえ。前方からはロックファルコンの攻撃が続く。これは盾魔道具《シールドマジックアイテム》で防げるからいいとして、王様の攻撃は無理かもな。走りながらだと、集中して魔法を放つことができない。

しばらくして、木々の間、巨石の間、雪にまみれた景色のなか、眩い光が見え隠れ。

「クヤラ！　もしかしてあそこ？」

「【そう！】」

そろそろ俺がクレイたちにかけた魔法が切れる。感覚でわかる。

俺はクヤラを追い抜かし、光が溢れるほうへ足を懸命に動かし続けた。

待っていろ。

すぐに戦場を整えてやるからな！

＋　＋　＋　＋　＋

森を抜けた先は、見渡す限りの雪景色。

白銀の絨毯《じゅうたん》は眩しく、目を開けているのがやっとだ。

野球場よりも広大なここは高い山々に囲まれた盆地になっていて、夏場はきっと暑いんだろうなと灼熱の太陽に思いを馳せる。日本の夏は過ごせたもんじゃないが、ベルカイムの夏は過ごしやすかった。昼間は暑くても、夜になるとひんやりとするから。

「ビー！　少しだけ王様の相手をしてくれ！」

「ピュイッ！」

広場の中央まで来ると、振り向いて王様と対峙。

さっきより巨大化しているような気がするけど、きっと気のせいだと思う。比較対象になる巨木が小枝に見えるが、気のせいにしておこう。

鞄の中から地点《ポイント》となる魔石を取り出し、地面に設置。転がらないように足で踏みつけながら固定《フィク》。

「ピュイイッ、ピュイイィィーーーーッ！」

空高く舞い上がったビーが、特大超音波悲鳴《ドラゴファウスト》を炸裂。王様は怯んだが、それも一瞬のこと。


「グアアアッ！」


「ピッ」

おめーちびっこ舐めてんじゃねーぞ、と言わんばかりの咆哮にビーの尻尾が真っすぐに伸びた。

可哀想だが可愛い。

クヤラを俺の背後に立たせ、ユグドラシルの杖に魔力を込める。まずはこの邪魔な雪をなんとかしよう。王様が暴れれば除雪されるだろうが、それを待っている暇はない。

「結界《バリア》展開」

俺が生み出した魔法はどんなに威力が強くとも、俺自身が熱さ寒さを感じることはない。だが、それは俺だけ。俺の後ろで警戒をするクヤラが熱でやられないよう、まず結界《バリア》を展開しておく。

再び腹に力を込め、集中。昔はよくわかっていなかった魔法の使い方も、今なら少しだけわかる。

魔法は、意思の力。

強い意思は、何よりも強い魔力となる。

「ビー！　うまいこと避けろよ！　地獄の灼熱台風《ヘル・フレイムサイクロン》、展開ぃ！」

俺が放ったのは、ベルカイムのゴブリン討伐戦で使った極限魔法。

あまりにも広範囲を焼き尽くしてしまうため、ほいほいと使うんじゃないとクレイに止められていた。だが、こんだけ広い場所なんだ。周りは全部雪と氷。ちょっとくらい森がコゲたとしても、それは許してもらうしかないな。

轟音と共に巨大な炎の竜巻が天高く伸びていく。

体内から魔力がぬるぬると抜け出る感覚。無我夢中になってやけくそになっていたあの頃とは違う。ただ魔力を出すだけではなく、もっと繊細に。

イメージをして、願いを込める。

燃え盛る炎はお掃除ロボット。雪という無駄なゴミを排除するため、部屋の隅々まで行き渡らせる。欲しかったんだよな、あの円盤型お掃除ロボット。

勢いのある炎のおかげで、雪は水も残さず蒸発。気化した水蒸気もろとも炎に呑み込まれる。

「【すんげー！　ハンパねー！　マジすんげー！　ハッハーッ！　うっひょー！】」

「ピュイ！　ピューイッ！」

大興奮してはしゃぐクヤラは、いつの間にか避難してきたビーを頭に乗せながら飛び跳ねていた。オグル族は見た目がいかついから年齢がわかりづらいが、クヤラは見た目よりも若いのかもしれない。喜びはしゃぐ様は小人族そっくり。

お掃除炎が王様を威嚇している間、俺は転移門《ゲート》を展開。なるべく大きな門を作ると、そこにはもりもりに逞しくなったクレイが槍を構えて待機していた。鼻息荒くてちと怖いぞ。

「グルルルッ……ようやっとか……ようやっと、この滾《たぎ》る血を、解き放てる……」

魔王に変貌したクレイはずっしんずっしんと足音を響かせ、転移門《ゲート》をゆっくりと通る。

クレイのギラギラとした視線の先は、臨戦態勢の王様。

クレイは全身から湯気のようなものを放ち、ごんぶとの尻尾を地面に叩きつけた。地面はボッコリと穴が開き、激しくヒビが入った。これ、クレイの事情を知らないやつが見たら、完全に討伐対象だと思うだろうな。

「タケル、小人族は皆無事じゃ！　オグル族らもかすり傷程度で、村は壊れておらん！」

続いて転移門《ゲート》から飛び出たブロライトは、背後の村を指さす。

転移門《ゲート》の向こうにある村は平穏そのもので、そこかしこに散らばったモンスターの解体作業をしている小人族が、揃って俺に笑顔のサムズアップ。無事で良かった。

続いてオグル族たちが転移門《ゲート》にビクつきながらも通ると、彼らは目の前の光景に言葉を失っていた。村からあっという間に見慣れた広場に来たのだ。そりゃ驚くだろうよ。

広場では、雪をもりもりと除雪する炎の竜巻がお掃除中。巨大化した王様が巨大化したクレイと対峙。他の獰猛なモンスターにぐるりと取り囲まれ、一見すると絶体絶命の大ピンチってやつ。

俺はオグル族たちに告げる。

「竜巻が雪を溶かすまでちょっと待ってね。王様の相手はクレイに任せて、オグル族は美味しいお肉、うん、モンスターを狩ろう」

「逃げるやつは捨てておくのじゃ！　タケルの魔法が届かぬ遠方には行くでないぞ！」

ブロライトがオグル族たちに発破《はっぱ》をかけるが、オグル族はキョトン顔。言葉が通じないってとても不便。

「えーと、逃げるやつは追いかけなくていい。また身体能力が上がるように魔法をかけるから、あんまり離れないでヨロシク」

慌てて翻訳をすると、オグル族は一斉に巨大包丁を掲げた。

転移門《ゲート》には好奇心旺盛な小人族がへばりつき、こっちに来られないギリギリのところで見物している。転移門《ゲート》を閉じると村が心配だから、このまま維持するしかない。俺は転移門《ゲート》を守るために、クヤラとここで待機。あとは皆の邪魔をしないよう、サポートに徹しよう。

ある程度の雪が溶けたところで炎の竜巻を消すと――

「ピュイイイーーーーッ！」

ビーの叫び声が合図となり、クレイが太陽の槍をぶん投げた。

「ウオオオオオッ‼」

クレイが叫びながら飛びかかると、槍は王様を取り巻くサーペントウルフに命中。槍が突き刺さったままのサーペントウルフをクレイは掴み、それを勢いよくブン回す。サーペントウルフはドルドベアにぶち当たり、二体とも沈黙。

続いてクレイは両手で槍を掴み、勢いよく回しはじめた。高速回転ノコギリと化した槍は次々とモンスターを倒し、王様の傍にいるモンスターをみるみる減らす。そのまま武闘槍術で大型個体をぎったぎた。

全力全開でクレイが戦うのは、地下墳墓《カタコンベ》の暴走リンデ三号戦以来かもしれない。ランクSナメクジの時は広くても洞穴だったたし、王都のフランマモルスンの時は大勢の竜騎士《ドラゴンナイト》が見物していたから自制していた。

「グアアアアッ！」

クレイの槍を回避した王様は、牙を剥いてクレイを威嚇。全身の毛を逆立たせ、真っ赤な瞳をぎらつかせる。

咆哮と共に王様の鼻面から放たれたのは、謎の怪光線。

それをひらりと避けたクレイだったが、数体のモンスターはまともに光に当たり溶けてしまった。

やっぱりあれ、溶ける光線だ！

「クレーイッ！　その光には絶対当たるな！　溶けるぞ！　どろどろになるぞ！」

「グアアアーーッ！」

「きゃあああああ‼」

王様に威嚇され、つい乙女《おとめ》の悲鳴。まるで、黙れ小僧お前も溶かしてやろうかと言われているようだ。

だがしかし、どろどろ光線は連射できないらしい。大量の魔力を必要とするのだろう。当たったら絶体絶命だが、連射されなければ怖くない。クレイとブロライトは一度攻撃を見たら、即座に対処する能力がある。きっと、大丈夫。

更に数を増やした亜種モンスターたちが散開すると、オグル族たちもそれぞれ散らばり戦闘開始。雪が溶けたどころか焼け野原になってしまった鍛錬場は、戦場へと変わった。

混戦になってしまったせいで、それぞれにかけた魔法の効力にばらつきが出る。全員に魔道具《マジックアイテム》を持たせるべきだった。

オグル族は個々でじゅうぶん強いが、王様の魔素を吸っただろう亜種モンスターたちは更に強い。攻撃を受けたぶんだけ魔法の効果が薄れ、盾《シールド》が解けてしまい傷を負っているオグル族もいる。致命的な怪我を負う前に逃げてもらいたいが、彼らに敵前逃亡をするという選択肢はない。

クレイとビーとブロライトは王様の相手をするだけで必死だろうし、せめて怪我をしているやつらに回復薬《ポーション》を渡せないかな。動きが素早すぎて、ここからじゃ回復《ヒール》がかけられない。せめてブロライトがオグル族のフォローに入ってくれるといいんだけど、ブロライトが抜けたら王様の攻撃が散らばるだろうし。

さてどうすんべかなと考えていると、俺のローブがつんつんと引っ張られた。

「兄貴、兄貴っ、おいらたちにも何か手伝わせてほしいっす！　守られるだけじゃ、オグル族に申し訳がないっす！」

いつの間にか俺の背後にいたスッスが、数人の小人族の青年を従えて懇願してきた。

小人族はそれぞれお鍋を頭にかぶったり、まな板を胸に当てていたりとやる気まんまん。手にしたおたまで何をするつもりだ。

「いや、ここは危ないから見守ってくれるとありがたいんだけど」

「何を言っているっすか兄貴！　おいらの特技を忘れたっすか？　おいらとこいつらは、隠密《ハイズ》の技能《スキル》を持っているんす！　あれだけ我を忘れたモンスターらの隙を突くなんて簡単なことっす！」

そういえばそうだった。

しかも、スッスは冒険者じゃないか。身軽《みがる》で、自分の気配を完全に消すことができる。

「走ることならクヤラにも負けないっす！」

揃って深く頷く小人族たち。いやいやそれでも危険だからと止めようとしたが、それはできなかった。彼らには彼らの矜持《きょうじ》があるのだろう。

「よし、だったら怪我人に回復薬《ポーション》を届けてほしい」

俺は鞄の中から数百個の回復薬《ポーション》を取り出し、それぞれに数十個持たせる。

これはベルカイムの薬局で改良に改良を重ねた特別製。注射剤を入れるような小型のアンプルに入った瑠璃色《るりいろ》の液体は、通常売られている回復薬《ポーション》よりも色が濃い。薬効成分が濃く、これ一つで中位回復薬《ポーション》以上の効果がある。しかも、超即効性。

ベルカイムの薬剤師であるリベルアさんが精魂込めて作り出したこの回復薬《ポーション》は、今のところ俺たち蒼黒の団だけが所持している。俺が採取してきた数種類の薬草に、ほんの一滴の魔素水。あまりにも濃すぎるため、普通の人が使えば一発で魔素中毒症に陥ってしまう危険な代物。

オグル族は魔法を扱うことに不得手とはいえ、魔素に対する免疫力が強い。この特製回復薬《ポーション》を与えても、気分が悪くなることはないだろう。

俺は小人族たちに向かって告げる。

「ここの、尖ったほうを指で押せば折れるから、中の液体を患部に数滴振りかけたうえで飲ませてくれ。絶対に、一人一つだけ。これで治らなかったやつは必ずここに戻るよう伝えること。わかりましたか！」

「わかったっす！」

「ここを指で押すんすね！」

「面白い形っすね！」

「なんだかわくわくするっす！」

いや、戦場に向かうっていうのにわくわくするなよ。

彼らは恐れを知らないのか、目を輝かせながら与えられた任務に喜ぶ。

「頼むから怪我をしないでくれ。かすり傷でも負ったら、戦線離脱すること！　いいですね！」

「はいっす！」

「わかったっす！」

「了解っす！」

小人族はそれぞれに回復薬《ポーション》を持つと、びしりと右手を上げてから一気に戦場に向かって走り出した。

なるほど、信じられないほどに足が速いな。

ちょろちょろと動き回って怪我人を探し、あっという間に回復薬《ポーション》を与え、次へと走る。素早い動きと隠密技能《ハイズスキル》のおかげで、モンスターは小人族を捉えることができない。これは素晴らしい衛生兵だ。

怪我を負っていたオグル族は回復薬《ポーション》で復活すると、更なる強さで暴れまくった。回復薬《ポーション》で治らないオグル族は、別のオグル族に支えられながら転移門《ゲート》に帰還。二つ目の回復薬《ポーション》を与えてしまうと魔素中毒症になるかもしれないから、あとは村に戻って休んでもらう。

結界《バリア》が張られた転移門《ゲート》の周りで、小型モンスターと戦っていたクヤラにも疲労が見られる。
十四、二十四程度のモンスター相手なら余裕かもしれないが、彼らが倒したモンスターは既に百を超える。

山盛りのモンスターの残骸《ざんがい》はあとで美味しくいただくとして、これじゃキリがないな。

「ウオオオオッ！」

「グギャアアアッ！」

クレイと王様の戦いはまだまだ絶好調だし、王様が荒ぶっている限りモンスターの暴走は止まらない。きっと王様の放つ悪い魔力に中《あ》てられたモンスターたちが、この場所に集まっているのだろう。

王様がどろどろ光線を再び放つと、先ほどよりも威力を増したそれは森の奥にまで真っすぐと伸びる。

巻き込まれたモンスターは灰も残さず消え、光線が通った跡には一本の道ができてしまった。

王様のごんぶと前足がクレイのごんぶと胴体にぶち当たり、クレイは面白いほど簡単に吹っ飛ぶ。

だが、クレイはそのまま叩きつけられることはなく、空中でひらりと回転してから地面に降り立つと、王様へ勢いよく槍を投げる。

「目を覚ませい！　この、大馬鹿者が！」

「グアアアアッ！　グギャアッ！」

王様相手に大馬鹿者だなんて。

普段のクレイならば口が裂けても言わなそうだが、周りを気にせず暴れまくる王様は確かに大馬鹿者だよな、なんて納得してしまう。

クレイの槍は王様の尻尾によって弾かれるが、軌道を変えてクレイの手元へと戻ってくる。あれが太陽の槍の特徴なのだろう。主と認めた相手の手元へ、必ず戻ってくる槍。とても便利。

クレイはなんとかなっているが、ブロライトは少し圧《お》されているな。やはり神様相手に戦うのは嫌なのかもしれない。王様には攻撃をせず、防戦一方。おかげで王様の攻撃をまともに受けてしまい、幾度となく地面に叩きつけられていた。

「ブロライト！　大事ないか！」

「わたしに構うな！　クレイストン避けろ！」

「うおおおお！」

巨体のくせにすばしっこい王様の動きは、予想がつかない。数多のモンスターを討伐してきた経験のある二人でさえ、完全に翻弄《ほんろう》されていた。俺が傍に行って補佐できればいいが、他のモンスターに邪魔され、魔法を使うのに集中することはできないだろう。

俺はまだまだ、未熟者なのだ。

さてと。

このまま消耗戦を続けている場合じゃない。回復薬《ポーション》には限りがあるし、俺の魔力も魔素水だけじゃ補えない。食って休んで風呂に入って寝ないと、精神的疲労は改善されない。心が疲れるとやる気も削がれてしまう。嗚呼、風呂に入りたい。入りたいと思ったら何がなんでも入りたくなってきた。巨大倒木に穴掘って、底には鉄板でも敷いて湯を沸かす。薬草でも浮かばせたら立派な露天風呂。やだ最高。

じりじりと数を減らすモンスターと同じように、オグル族の数も減っていく。小人族衛生兵が一人、また一人とオグル族を連れて転移門《ゲート》へ戻っていった。

このままではこちらが圧倒的に不利だ。

あのモンスターども、どっから湧いてくるんだよ。王様のやつ、殴ってやりたい。

「よし」

俺が鞄の中から取り出したのは、拳大《こぶしだい》のオリハルコンの魔鉱石。地下墳墓《カタコンベ》でリピに押し付けられたものだ。世界三大鉱石の一つ。それの、魔鉱石。

これを握りしめてからゆっくりと魔力を込める。慌てず、急がず、迅速に。

そして強く願う。

助けを乞う。

「もーしもーし闇のなーか光るほーしよー」

カメさんの童謡のように歌うと、石はぼんやりと赤く光る。

闇の中に光る星。

迷える魂を導く星になるのだと、あの子は言っていた。

王様は迷っている。そして、嘆いているはずだ。

オグル族や小人族が慕う神様が、破壊や破滅を望むはずがない。

助けてほしい。

嘆きの王様を。

赤い光は次第に強くなり、輝きを増す。


「――ふうぅ……ヨうやく、我を呼んでクれたか」


光の向こうからゆらめく影。

そして、懐かしささえ感じる騒がしい声。

「いつでも呼べって言ったのに、遅いじゃないの！」

「契約」を果たそうと、彼女は笑顔でやって来た。

9　頼もしき友、集いし戦場

古代のドワーフ王、ディングス・ファレルが造り出した機械人形《オートマタ》。

ただの人形というわけではなく、自らの意思を持ち、言語を理解し、会話をする優れもの。

しかし消費魔力量がとんでもなく多くて、すこぶる燃費が悪かった。

かといって、魔素を吸わなくては動くことができない。動けなければただの恰好いいメカオブジェ。だったら改造してしまいましょう。

というわけで、地下墳墓《カタコンベ》での騒動のあと俺が手を加えた。

まず、燃費の宜しい体内魔石《でんち》を作製。

これはただの魔素発生装置。地下墳墓《カタコンベ》に置いてある魔素発生装置の超小型版。魔素水に浸けたミスリル魔鉱石を心臓部に埋め込んであるだけ。僅かな魔素を取り込む性質もあるため、魔素さえあれば半永久的に稼働できるのだ。おまけの結界《バリア》で防御は万全。

あとは凹んだりヒビが入ってしまったりした金属部分を全て修復。くすんでしまったバディもつやつやのテラッテラに。

気合いを入れて直したものだから、背中やら尻尾やらにツノみたいなのがぼこぼこ生えてきたのはご愛敬。そのせいか知らないけれど、修復前よりも戦闘力が跳ね上がったらしい。

そんなこんなで地下墳墓《カタコンベ》の墓守《はかもり》のリピは、俺たち蒼黒の団に恩を返したいと言った。そして、俺と「契約」という名の取引をしたのだ。

俺が困った時は絶対に力になると――

「アタシの名前はリピルガンデ・ララ！　偉大なる魂が眠るカリディアの墓守！」

転移門《ゲート》から飛び出てきたのは、前に会った時の子供の見た目ではなく、古代ドラゴニュートの戦闘服を身に纏った美しい女性。身体のラインが出る少々露出がある独特の幾何学《きかがく》模様の戦闘服は、伝統ある民族衣装らしい。

リピは黒髪を風に靡《なび》かせながら腰に手を当て仁王立ち。誇らしげに自己紹介をした。

混沌とした戦場に不釣り合いな美女は、背後の転移門《ゲート》に向かって頷く。それが合図だったかのように、転移門《ゲート》から巨大な影が二体のそりと姿を現した。

「我ノ名はエルディアス・リンデルートヴァウム。盟約に従い友の力となるためカリディアより参った！」

「我の名はレザルリア・ドゥランテ。大恩ある魔導王《エテルマナ》の命を受けカリディアより参った！」

ガンメタ色のロボであるリンデは、竜の牙より作られた巨大な竜牙刀《りゅうがとう》を両手に持ち、もう一方の銀色のロボであるレザルは身の丈ほどの大斧を手にしている。

二体ともすごく……ボスです。

空高く轟《とどろ》く声でそれぞれ名乗りを上げると、戦場が静まり返った。オグル族は皆揃って大きな目を見開き、小人族はあんぐりと口を開きながら唖然としている。

空気を読めないサーペントウルフ亜種がリンデに飛びかかるが、リンデの尻尾がぺしっと瞬殺。

オグル族数人が束になってやっと一匹倒せる強敵だというのに、リンデにとっては邪魔なハエくらいの扱い。

えーと。俺としてはリンデだけで良かったんだけどな。一番冷静で、経験豊富な人だし。

リンデ一体でもオーバーキルしまくりそうで怖いというのに、どうしてレザルまで来ちゃうかな。それよりリピはなんで来たの。

「やあっと呼んだわね！　助けが欲しい時はいつでも呼びなさいって言っていたでしょう！」

怒りながら叫ぶのは、長く真っすぐな黒い髪を腰まで伸ばした女性。どう見ても人間の成人女性にしか見えない彼女は、リピの魂が入った機械人形《オートマタ》なのだ。

この身体もディングス・ファレルが造り出した傑作。リンデやレザルの身体同様、魔素を糧《かて》として動いている。

リピは嬉しそうに何度も深呼吸し、俺の背中をばしりと叩いた。痛い。

「あー！　何百年ぶりの外！　広いわ！　空が、高ーいっ！」

「飛び出てすぐの派手な自己紹介だな」

「誇りあるカリディアの墓守なのよ？　名乗るのは当然でしょう。それよりどこなのよここは。随分と殺気立っているじゃない」

横たわるモンスターの残骸をつまらなそうに見下ろしたリピは、次に辺りを見回しながら羽根扇で扇《あお》いだ。

太陽こそ分厚い雪雲で隠れてしまっているが、地下にはない広い空がある。

その開放感に感動する経験は俺にもあった。リピたちの身体を直すためたった数日地下にいただけなのに、空を見た瞬間に泣きそうになったものだ。

リピもリンデもレザルも鼻息荒く、地下墳墓《カタコンベ》の宝物殿にあった伝説級の装備を身に着けている。やる気まんまん。

「フむ……あれなるは、始祖の血を滾《たぎ》らせル同士。ギルディアス・クレイストンである」

王様と対峙しているクレイを見つけたリンデは、嬉しそうに言った。

「ほほう、彼奴《きゃつ》が例の御仁《ごじん》であるか。ふふん、なるほどなあ。あれはなかなかに良い戦士であるなあ」

「フフフフフ、リザードマンの身で聖竜騎士《サン・ドラゴンナイト》にマで昇り詰めた英雄であるからナ」

「ふふん、ふふふん、良いぞ。良いぞ！　素晴らしい！」

リンデと話をしている銀色のロボは、「玉斧《ぎょくふ》のレザルリア」と称えられている英雄の魂を持っている。リンデより頭一つぶん大きく、身体もごりごりのマッチョ。身の丈以上の大きな斧を背に担ぎ、嬉しそうにクレイの姿を眺めた。

レザルは太古の昔にグラン・リオ大陸の窮地を救った勇者であり、リンデルートヴァウム同様有名人。リザードマンの子供たちはリンデルートヴァウム、レザルリア、ヘスタス、クレイストンという有名な戦士に憧れ、いつかはあんな立派な戦士になりたいと願うのだ。

地下墳墓《カタコンベ》で彼らの身体を直した時は思わなかったが、明るい地上で見ると圧巻だな。メタリックのボディが眩い。

「三人も来るとは思わなかった」

「あら。あんたが直した機械人形《オートマタ》全員で来ようかとも思ったのよ？　でも、地下墳墓《カタコンベ》の警備が手薄になるでしょう？　放っておいても大丈夫だとは思うけど、念のため残りは留守番させたわ」

うわあ。

俺が修理したのは結構な数になるが……絶対に恨んでいるだろうな。俺が助けを求めるのを楽しみにしている、と言っていたし。

俺とリピたちが交わした取引というのが、「どんな時でも困ったことがあったら力を貸す」というもの。地下墳墓《カタコンベ》の魔素発生装置の近くに転移門《ゲート》を設置し、俺が呼んだ時に転移門《ゲート》が開くよう設定をした。

俺がリピたちに協力を求めるということは、圧倒的な武力が必要となった時。だからリピをはじめリンデもレザルも完全装備なわけだ。

彼らは数百年ずっと地下で暮らしてきた。機械人形《オートマタ》の身体は悪目立ちするため、うかつに外に行くわけにもいかない。しかし、俺が「召喚」と言い張れば彼らも出てくることができる。

このマデウスにいる種族は数万種もいるのだから、一体や二体、見たことのない個体が出てきたところで不思議には思われないだろう。

さて。

これで戦力はなんとかなる。リンデとレザルにクレイがいれば、どんな強い敵が来ようとも負ける気がしない。

「はいはい、はい注目。あそこでクレイとブロライトが戦っているのが、古代狼《シグリドウォルフェイウス》さん。禍々しいけど、あれでもこの地を守る偉大な神様です」

俺がツアーガイドのように右手で王様を示すと、リピは眉根を寄せて不機嫌そうに王様を睨んだ。

「やはりね……とんでもなく強く、だけどどこまでも優しい魔素が根底にある。禍々しく見えるのは、闇の力に呑まれないよう懸命に足掻いているからよ」

リピはエデンの民という名のハーフエルフ。特殊な魔素を感知し、見極めることができる。

「あの神様を宥めるのに力を貸してくれないかな」

王様を凝視し続けるリピの背中に向かって俺は声をかけた。リピは美しい黒い髪を両手でぐしゃぐしゃとかき混ぜる。

これはリピの癖だが、子供の姿なら可愛げがある仕草も、大人の女性がそれをやるとちょっと引く。振り向いたリピは、せっかくの綺麗な髪が酷いことに。

「久しぶりの地上かと思ったら、随分と厄介なことを頼んでくれるじゃないの」

「え。無理だった？」

「誰が無理だなんて言ったのよ！」

すぐ怒るー。

前衛的な髪型のまま、リピはぐるりと周りを見渡す。そして腰に手を当てて胸を張ると――

「リンデ、レザル、モンスターは倒してもいいけど、あのでかいやつは殺したら駄目ですって。できる？」

リピは両脇に立っていた二人に問うた。

リンデとレザルはそれぞれ深く頷き、得物を手にして戦闘態勢。

「相手ニ不足はなシ」

「数百年ぶりに本気で暴れていいんだろ？　腕が鳴るぜ！」

いやいや、リピの話を聞いてましたかレザルさん。王様を殺したら困るんですけど。

「制御レベルは三まで解除を許すわ。モンスター以外の種族を守りつつ、でかいのを止めるわよ」

「応」

「任せろ！」

え。制御レベルってなにそれ。聞いてない聞いてない。

リピが手にしていた羽根扇を強く振ると、羽根扇は一瞬にして刃だらけの扇に変化した。

三人とも恐れなど微塵も抱かず、目の前の強敵に喜びさえ覚えているようだ。あの様子はクレイそっくり。エデンの民も闘うことに喜びを見出す、戦闘民族なのかな。

リピがレザルに声をかける。

「久しぶりにアンタの技見せてよ。あの、大きな風が巻き上がるやつ」

「ふふふんっ！　ようしようし、見せてやろうか！」

あれれー？　やる気なのは嬉しいけど、あまり暴れると地形とか変わるかもしれないんだけどもなあああ。

「そこなるはリンデルートヴァウム殿か！」

「ピュイッ！　ピュイーーッ！」

王様の鼻面を蹴とばしたクレイがリンデに声をかけつつ、槍を振り回してグロートサーベルを容《た》易《やす》く屠《ほふ》る。

ビーは喜ぶのか炎を吐き出すのか、どっちかにしなさい。

「ギルディアス・クレイストン！　絶好の機会ダ！　太陽の槍の本領を見せテみろ！」

愉悦に叫ぶリンデは竜牙刀を投げ放つと、竜牙刀はブーメランのように弧を描きながら無数のモンスターを両断。竜牙刀ってああいう使い方をするんだっけ？

圧倒的な戦闘力を見せつけたリンデに、オグル族は歓喜の咆哮を上げる。俺と喋っているところを見ていたから、俺とリンデたちが仲間であると認識してくれたのだろう。

「ぬうぇえええいっ！」

レザルの気合いと共に、レザルの背中に生えているツノがむくむくと育つ。そして手にした斧を振り上げると、一度に四体のロックバード亜種を薙ぎ倒した。

恐ろしくも頼もしい仲間に出会えたなあと生ぬるく微笑みつつ、彼らは絶対に敵に回さないぞと密《ひそ》かに誓った俺である。

＋　＋　＋　＋　＋

冷たい風が運んでくるのは、生臭い血の匂い。

倒しても倒してもどこからか湧いて出てくるモンスターの群れに、オグル族や小人族たちは辟易《へきえき》していた。

この戦いはまだ続くのかと。

雪解けの泥土《でいど》にまみれた全身には、死と混沌がこびりついている。

ここまでの戦闘は経験したことがない。だからといって逃げ帰るわけにもいかない。

怯える心を叱咤《しった》して、震える足を動かして。

郷には守るべき人がいる。愛する人がいる。

この身を散らすことになろうとも、後世に続く命がある限り。

振り返ればすぐそこに迫る恐怖を払いのけて、ただただ前進あるのみ。

「あれはなんなんすか……」

スッスのそんな不安をかき消すかのように現れたのが、二体の巨大ロボ。薄曇りのなかでも燦然《さんぜん》と輝く彼らは、神の御使《みつか》いか。それとも悪魔の化身《けしん》か。

＋＋＋＋＋

あまりの衝撃な光景にスッスは口をあんぐりと開き、呆然としていた。わかる。すごいわかる。

あんなのは見たことも聞いたこともないだろう。

世界を旅して回ったクレイすら、リンデのような機械人形《オートマタ》はそうそう出会えるものではないと言っていた。

「あに、あにあにあにあに、あに、兄貴っ！　あの、あのあのあれ、あれ、でっかくて、きらきらしているのはなんなんすか！」

ものすごい形相《ぎょうそう》で駆け寄ってきたスッスの迫力に圧倒されながらも、全身血と泥と何やらで汚れた彼に清潔《クリーン》をかける。ちと匂うぞ。

スッスは一瞬で綺麗になった全身をしげしげと眺め、しかし我に返って更に身を乗り出してきた。

「わっ、これがうわさの洗濯魔法……いや、これもありがたいっす！　そうじゃなくて、あの、でかい、あの、あれは！」

「まあ落ち着けよ。みんなもそろそろ疲れる頃だと思うんだよな。一時停止してエプル茶でも飲ませたいな」

「そんな悠長《ゆうちょう》にしている場合じゃないっす！　でっかいのが、ぼーんで！　どーんで！　ごーんって！」

「王様の相手はクレイとリンデで余裕だろうし、残りはレザルが片付けてくれる」

慌てるスッスの額《ひたい》を手のひらで押しのけ、俺は状況を冷静に分析。

突如現れた謎のキンキラロボに、王様やモンスターが敵意を集中。モンスターはより強い魔素に魅《ひ》かれる習性があるから、魔素で動いている機械人形《オートマタ》に意識が向くのは当然のこと。

もともと多勢相手の立ち回りを得意としているレザルは、嬉々として大斧を振るっている。

おかげで数百のモンスターという名のお肉が手に入るのだから、ありがたいことだ。

「あれ、は、ヒカリの神、か」

転移門《ゲート》と俺を守ってくれていたクヤラが、スッスと同じくリンデらを指さして問う。

クヤラの問いに応えたのは、ドヤ顔をしてふんぞり返るリピだった。

「神ではないわよ。見た目は派手だけどね。アタシたちはタケルに恩がある盟友ってところかしらね。タケルが助けてほしいと言うのなら、アタシたちは命を賭《と》して応えるだけ」

「命はいらないってば」

俺がそう口にすると、リピは呆れたように言う。

「はあ？　アタシたちはアンタがいなけりゃ消えるだけの存在だったのよ？　もっと自分のやらかしたことに誇りを持ちなさいよ。救われたアタシたちが馬鹿みたいじゃない」

どさくさ紛れに何を言う。

どいつもこいつもやたらと命を懸けるんだからな。命はもっとだいじにしなさい。

リピの言わんとすることが理解できたのか、クヤラは真剣な顔で深く頷いた。

いつの間にか全員集合していた衛生兵の小人族らが、目を輝かせながらリピを見上げる。

「おねーさんはタケルの仲間なんすか？」

「どうやってここまで来たんすか？」

「どうしておいらたちを助けてくれるんすか？」

「結婚しているんすか？」

小人族特有の質問攻めは、場所と時間を選ばない。妙な質問をするやつもいたが、リピは上機嫌のまま。

「アタシはリピルガンデ・ララ。偉大なるドラゴニュートとリザードマンが眠る墳墓を守る墓守よ」

「はかもり！　その若さでっすか！」

「ひえええええ！　墓守っていえばしわくちゃのじいさまとばあさまって感じっす」

「恋人はいるんすか？」

だから妙な質問をするなと。

注目されることが大好きらしいリピは、腰に手を当てて仁王立ち。小人族らの背後で呆然と立ちすくんでいたクヤラに視線を移すと、ニカッと笑った。

「そっちはオグル族でしょう？　カリディア・オグル・フォルフェヴァンはアタシたちを守ってくれた勇者。彼はカリディアの地下墳墓《カタコンベ》で眠っているわよ」

「【えっ？　フォルフェヴァン？　いま、フォルフェヴァンって言った？】」

クヤラは俺に通訳を求めると、俺は意味がわからないままリピの言葉をそのまま伝えた。

「【偉大なる始祖フォルフェヴァンはオグル族の魂なんだぜ。俺も曾爺《ひいじい》さんに教えてもらったくらいだけど、真っ黒な肌のめちゃくちゃ恰好いいオグル族だったんだ】」

嬉しそうに語るクヤラは、心底フォルフェヴァンを尊敬しているようだ。

オグル族が自分たちの肌をより黒くしようと努力するのは、始祖フォルフェヴァンの影響が大きいのだろう。まさかのオグル族の始祖がカリディアに眠っているとは。

リピは続けて教えてくれた。

そもそも太古の昔、種族同士が争っていなかった大昔。カリディアの地を見つけたのが、オグル族の始祖、オグル・フォルフェヴァンだった。

フォルフェヴァンは盟友であるリンデルートヴァウムを安らかに眠らせたいがため、ちょうどいい墳墓になる場所を探していた。そして発見したのが、あの広大な湿地帯の地下に広がる空間。

フォルフェヴァンは盟友の墳墓を立派にするべく、遠慮なく空間を広げていったそうな。

リンデ……さすが伝説のドラゴニュートだな。伝説級の人とよくお知り合いで。

偉大なドラゴニュートを偉大な墳墓に眠らせてくれたってことで、フォルフェヴァンもカリディア地下墳墓《カタコンベ》に埋葬されることとなった。英雄の一人として。

「さあレザル、薙ぎ払いなさい！」

リピが声高々に言い放つと、レザルは大斧を天に向けニヤリと不敵に笑う。

あっという間に薄暗くなった空には、雷雲。轟音と共に落ちる雷をレザルは大斧に受け、それを一気に振り回した。

放たれた稲妻は四方八方に散らばるモンスターたちに命中。大地が激しく揺れ、耳を塞ぎたくなるほどの落雷音が空高く響き渡った。

「ぬおおおおおっ！」

「「「うひょおおおおーーーーーーっ！」」」

見た目が派手で効果も絶大！　これは素晴らしいスペクタクルショーじゃないか！　戦闘中だけど！

レザルの掛け声と共に俺たちはやんややんやの大喝采《だいかっさい》。オグル族も両手を上げて歓喜の雄叫び。スッスは涙を流しながら両手を叩いて興奮していた。そうしたくなる気持ちわかる。

斧から放たれた雷はモンスターの群れを一気に焦がす。さすがのモンスターらもレザルの圧倒的な強さに怯み、森の中へと逃げていった。

小人族たちは散開し、オグル族と力を合わせてここぞとばかりにお肉回収。レザルが嬉々としてモンスターを倒してくれているおかげで、今夜と明日の宴会用の肉が確保できた。

「【すっげぇ。マジやっべぇ】」

「本当にすごいよなー。恰好いいよなー」

「【すげぇのはテメーだって。あんなマジやっべぇのと仲間なんだろ？　ありえなくね？】」

無表情だったはずのクヤラが、興奮しながら話しかけてきた。

仲間……というか、知り合い？　確かに俺は魔素発生装置を造ってリンデたちの身体を直したけど、仲間にしたいとか利用したいとか、そういう考えは一切なかった。ただただ完成された機械人形《オートマタ》というものがどんだけ恰好いいのか、それだけが知りたかった。

思惑なんてない。だけど利用できるものは利用する。

クヤラにわかりやすく説明してみたが、クヤラは心底不可解そうに眉根を寄せると――

「【テメーの人望ってやつじゃねぇの？　あのでっかいのたちがテメーの声に応えたのは】」

いやそんなんじゃないんですよ……

リピたちは俺に恩を返すように見せて、完全に利用しているだけだって。地下墳墓《カタコンベ》での暮らしに飽きてきた最強守護者たちの気ままな遊び――とでも言おうか。

ともかく、リンデたちは生粋《きっすい》の戦闘民族。広いところで思う存分暴れられればそれでいいのだ。

「タケル！　しつこいわよ！」

「痛ぁっ！　誰がしつこいんだよ！」

突然俺の後頭部にリピの張り手。リピの力じゃブロライトの半分の力くらいにしか感じられないが、痛いものは痛い。

俺の後頭部ってそんなに叩きやすいのかな、なんて冷静に考えながら振り返ると、リピは頬をぷくりと膨らませていた。

「しつこいのはあのでかいやつよ。好きに暴れるっていっても限度ってものがあるでしょう！　あの戦闘馬鹿二人はこのまま放置していても三年くらいは暴れられるけど、アタシは嫌よ。飽きたわ」

飽きるの早くね。

まだこっちに来て数十分なんだけど。

「えー、それじゃあ、スッスたちみたいに食べられそうなお肉……モンスターを集める作業をする？」

「嫌。そんな地味なのつまんない」

「えーえー？　それじゃあ、王様おとなしくさせる？　あの戦闘のなかに参加してみる？」

「もっと嫌！　せっかく綺麗に直した身体が壊れたらどうしてくれるの？　アンタが誰よりも先にアタシを直してくれる、っていうならいいけど」

いやいや待て待て。リピの身体は特注品。人間の女性そっくりの身体だから、リンデを直すのとは訳が違う。復元《レストア》を使わず、細心の注意を払いながらの修復は精神力を使う。少しでも他所事を考えようものなら、リピのとぅるるんお肌にシミが。

リピの身体はリピが慕うディングス・ファレルの傑作だ。僅かでも綻《ほころ》びが出れば、このお嬢さんは烈火のごとく怒り狂うだろう。

モンスターの回収は嫌だ、戦闘も嫌だ、となると――

「こんな時にプニさんがいればいいんだよ。リピを背負ってそこらへん飛んでくれればなあ」

「プニさん？　プニさんって、あの古代馬《アルタトゥムエクルウス》のこと？　……そういえば見当たらないわね。どこに行っているの？」

「さあ」

プニさんの姿は昨日からずっと見ていない。

小人族たちの村に到着するなり、古代狼《シグリドウォルフェイウス》に喧嘩を売る勢いで挨拶をしに行ってしまったきり。

プニさんの放浪癖が出るのはいつものことで、今回も特に気にしていなかった。そもそも王様に挨拶させると言って飛び出したくせに、王様の傍にいないじゃないか。

「さあって、心配じゃないの？」

「プニさんはアレでも神様だからな。まず死ぬことはないだろうし、危険な目にあっても逃げられるだろう」

「聖なる神に対してなんて粗雑《そざつ》な扱い……だけど相手があの馬の女なら、気持ちもわかる……！」

粗雑な扱いなんてしてない。俺は馬神様に料理という供物をせっせと貢《みつ》いでいるんだからな。

偉そうなことを言って戦闘能力は皆無な馬神様のことだ。自分は安全地帯で高みの見物でもしてくれていればいい。

「……ところでタケル、アンタ気づかなかった？　あの暴れる犬に紛れてほんの少しだけ感じる魔素を」

「へい？」

「集中しろって言ってんの。ほら……遠く……瞬《また》くような魔素よ」

リピに言われるままなんじゃらほいと意識を集中。

混沌とした魔素の渦の中、気配を探る。

「ピュッピュピュー」

リンデの火炎放射に負けじと、ビーの特大火炎放射が炸裂。負けず嫌いなんだからなあ、可愛いよなあ、なんてのんびりにやけていると。

渦巻く魔素の中、ほんの小さな白銀の輝きが点滅していた。それがなんなのかはわからないが、まるでここにいるんだぞと存在を知らせてくれているような瞬き。

俺はモールス信号なんてわからないし、そもそもマデウスにモールス信号は存在しないだろう。だったら船で使う合図？　いやー、俺は船乗りではありませんよ。

「方向は……あっちね。そんなに遠くないわ。行ってみましょう」

「いや遠くね？　あの山の麓《ふもと》だろ？　ここから村より遠いんだけど」

リピは片手でシャシャッと印《いん》のようなものを結び、その手を天高く掲げる。そして何か呪いのような言葉を呟き――

「コンクァ、召喚っ！」

エコーがかかっているような響く声で言い放つ。リピの目の前の地面がぼこりと盛り上がった。

盛り上がった地面はもりもりと土を溢れさせ、そのうち噴火するんじゃないかと警戒していると――

ゴバッ、と一気に頭を出す謎の大きな物体。

「フシュー……」

点のような鼻から息が出されるのを見て、これは生き物なのだと納得。

頭がつるんとしていて、目も鼻も小さくて、地面からぬるぬると這い出る身体もつるんとしていて、小さい前足がよっこらせと大地を踏む。

見た目は完全に大蛇。だけど手足が付いている。

なんだこれ！

「リピさん、これは何かな」

「アタシの可愛いバケモノ。コンクァよ」

「バケモ……あなた、召喚って言ってましたよね」

「ええそうよ。アタシは何体かのバケモノと契約をしているの。アンタみたいに」

「いや待て、俺はバケモノなのか？」

「コンクァはアタシが呼べば声に応えるよう契約をしているから、アタシがどんなところにいても応えてくれるわ。うふふふっ、とーっても可愛いでしょう！」

ええまあいやはい、カワイイデスネ……

俺は……このバケモノと同等なのね……

蛇が大嫌いな人は卒倒するだろうな。爬虫類《はちゅうるい》はそれほど嫌いじゃなくて良かった。

リピはスキップしながら大蛇に近づく。大蛇は嬉しそうにリピの腹にすり寄り、鳴き声を上げた。

「クーッセェ」

「はいはいはい、久しぶりね。アタシも逢いたかったわ」

「クセッ」

「うふふっ、そうよ。アタシと、コイツを乗せてほしいの。あの山の麓まで」

「クゥッセッ」

「今はだぁめ。地下墳墓《カタコンベ》に帰ったら追いかけっこしましょう？」

おおおおう、喋る大蛇と意思疎通ができる美女。すごい光景だなこりゃ。マデウスのトンデモ事情に慣れてきたと思ったらこれだ。まだまだ奥が深いっす、マデウス。

リピはひらりと大蛇の背にまたがると、俺を見下ろして手招く。

「兄貴っ、兄貴兄貴！　おいらも連れていってほしいっす！」

嫌々ながらも大蛇の背に乗ろうとしていたら、俺のローブをつんつんと引っ張るスッスが懸命に訴えてきた。

「卵のお山の下には王様を祀《まつ》る祭壇があるっすよ！　おいら、案内できるっす！」

スッスの目は俺に向いておらず、謎の大蛇コンクァにくぎ付けだ。この大蛇に乗って行動するらしいから、自分も乗ってみたいのだろう。ところで、スッスの口にした「卵のお山」って何かな。

スッスが訴えるのと同時に小人族たちが我も我もと挙手。遠慮するかと思われたクヤラすら、目を輝かせながら綺麗な挙手を見せてくれた。おいおい。

そんな大人数で大蛇にまたがって行動するのは絵的に面白すぎる、じゃなくて効率が悪い。戦いはまだ続いているのだから、村へと続く転移門《ゲート》を守ってもらいたい。

なんとかスッス以外の連中を宥め、小人族の一人に鞄から取り出したキノコグミが入った小袋を手渡す。小腹を満たすのにちょうどいいと言ったら、蛇に乗る気だった連中はあっという間にキノコグミへと群がった。

その隙にスッスを脇に抱えて大蛇の背に乗り、首にぶらさげていた白水晶を手にする。

「あーあーあー、もしもしもしもしー？　こちらタケル。聞こえますかー」

これは小型の通信装置のようなもの。範囲は限られているが、離れていても会話が可能。戦闘中はバラけるだろうし、互いに近づいていちいち大声を張り上げて会話をするのは面倒。そんなわけで簡易無線機を作りました。

この白水晶はクレイとブロライトにも持たせてある。戦闘中に話をするとなると、魔王化しているクレイではなくブロライトがいいだろう。

しばらくすると白水晶から声が聞こえてきた。

「おおっ！　タケルか！　オラアッ！　こっちは、リンデのおかげっ、でぇぇぇいっ！　戦いが、らくにっ！　なったのじゃー！」

時々オッサンのようなダミ声で気合いを入れるブロライトは遠いところで戦っており、余裕があるらしくこちらに手を振っている。

「ビーをこっちに戻しても大丈夫？」

「ピュ！」

「こちらはっ！　クレイストンとリンデの連携が見事なのじゃ！　えええい貴様ら邪魔をするなああーーーっ！　ビーを戻しても、かまわっ、ぬううっ！」

「あ、どうも。それじゃあちょっと山の麓の祭壇っていうところに行ってくる。そこに何かがあって、何かを呼んでいるような気がするから」

「じゃが、あまり悠長にはしておれぬぞ！　クレイストンはあんなでも生身じゃからの。魔素水の補給が必要になるはずじゃ、でああああっ！」

「はーい」

「ピューーーーイッ」

通信終了と同時にあっという間に戻ってきたビーの激しい抱擁を顔面に受け、ささっと清潔《クリーン》。

ビーの背中を掴んでスッスに預けると、リピに視線だけで合図を送った。

リピは頷いて両手をぶんぶんと回す。

「さあコンクァ、アンタの自慢の足を存分に披露してやりなさい！」

リピがコンクァの首をぺしぺしと叩くと、コンクァは大口を開けて気合いを入れた。

「クッセェ〜〜〜」

この鳴き声なんとかならないのかなあ！

10 聖なる卵、荒らされた祭壇

大蛇の背に乗ればどうなるかということを、考慮しておくべきだった。

蛇の動きを思い出してほしい。うねうねと、うねうねうねと。

頭と首の部分は固定されているが、胴体はとても激しく動くのです。

そんな蛇の背に乗るわけだ。

「あばばばば」

激しく揺さぶられているスッスは、小さな身体を全て使って大蛇にしがみ付いていた。船の揺れなんて可愛く思えるほど、大蛇の背は乗り心地最悪。

いや、これはきっと一人乗りなのだ。乗り物なのかは怪しいけれど。

実際、大蛇の首の辺りで横座りをしているリピは振動が少ないらしく、気持ちよさそうに風を感じながら微笑んでいる。寒いのに。

三半規管が弱い人なら大変なことになっているだろうが、俺は船酔いをしなければ蛇酔いもしない。

スッスは冒険者で日頃馬車やら馬やらに乗り慣れているため、これくらいの揺れは大丈……夫には見えないが、今のところ頑張っているようだ。時々白目を剥いているけど。

大蛇は深い雪道もなんのその。巨大な雪玉もへのかっぱ。だからどうしたとばかりにぐいぐいにょろにょろと進み、俺に結界《バリア》を唱えさせないほどの働きを見せてくれた。

これはとても素晴らしい生き物なんだけども、欲しいとは思わない。大蛇に乗るのならばわたくしの背に！　と、ブチ切れる神様がいるから。

「ピュイーピュ」

大蛇と並走して飛んでいたビーが、岩山が見えてきたと教えてくれる。

「スッス、あの岩山に行けばいいのか？」

「あべっ、そそそ、そうっす！　あの山の麓につ、王様の祭壇があるっすふ！」

スッスの震える指先が示す先には、どごんと聳《そび》え立つ丸い岩。小山かと思ったら、あれは一つの巨大な岩らしい。その名も王様の卵。なるほど、卵のお山とはあれのことか。

オグル族はあの山を神聖な場所と崇めていた。そのことを知った小人族が、王様を称えるための祭壇を造ったらしい。

「あああの、あの、お山から、王様が、生まれたって、オグル族の神話に、あるっすよよよよよ」

「あんまり無理して喋らなくてもいいからな。言われればでっかい卵にも見えるけど、王様が生まれたにしては割れていないな」

神様が生まれたなら卵は割れるよな？　という疑問をスッスに聞いたところで、明確な答えはないだろう。そう言い伝えられているからそうなんじゃないっすか？　と言われるだけだ。

マデウスの民は御伽噺《おとぎばなし》や伝説、迷信、寓話《ぐうわ》などを全て真実として受け止める。実際に神様やら精霊やらがそこらにいるのだから、信じたくもなるだろう。風邪をひけば悪霊のせい。失《う》せ物を見つければ精霊のおかげ。

ビーは卵を粉々にして誕生したけど、卵を割らずに生まれてくる神様がいるのかもしれないし、いてもおかしくない。

「タケル、岩山に向かえばいいのね？　確認して！」

大蛇を操りながらリピが指示してくる。

激しく揺れるなか集中するなんて無理なんだからなと思いながらも、俺はゆっくりと目を閉じた。

肌に感じる冷気。

冷たいと感じる前に痛さを覚える。

漆黒の闇と極寒のなか、ほんの少しだけ感じる光。そういえば携帯懐炉は鞄に入れっぱなしだった、と余計なことを思い出したら小さな光が強く輝き出した。

まるで鼓動のように強く、小さく繰り返す。

確かに、いる。

「リピ、岩山の麓で止まってくれ」

「わかったわ！」

大蛇はぬるぬると木々の間を進み、うねうねと崖を登った。

遠くで何かが爆発する音と、何かの断末魔が聞こえる。クレイたちは相変わらず派手な戦闘を繰り広げているんだろうなと鍛錬場の方向をぬるい目で眺める。

大蛇が岩山の麓で進むのを止めたので、俺はその背から降りた。

顔を真っ白にしたスッスは動く気力もないようで、震える指だけを岩山に向ける。

「あに、あに、おえっ……兄貴、あそこに見える、洞穴の、先に、ある、っすうえっぷ」

「はいこれお茶。リピと大蛇にも」

鞄の中から温かなエプル茶が入った魔法瓶を二つ取り出し、リピとスッスに手渡す。大蛇が温かいお茶を飲めるかはわからないが……飲めなくても喉が渇いたらそこらへんの雪を食うだろう。

ついでに小腹を満たすための大判焼きを二つずつ。ビーは今すぐに食べようとしたけど、我慢してもらう。

「俺が様子を見てくるから、二人はここにいてくれ」

「一人で大丈夫なの？」

「ピュイ！」

「ビーがいるから大丈夫。リピはスッスの護衛をよろしく。何かあったら叫ぶ」

魔法瓶と大判焼きを手にしたリピは、不思議そうに大判焼きの匂いを嗅いでいる。

俺の勘だが、ここらへんに悪いものは近寄らないんだと思う。オグル族が崇め、小人族が整えた祭壇からは心地よい魔素が流れている。

魔素の流れなんて目に見えてわかるわけじゃないけれど、なんとなくマイナスイオン的な空気を感じるんだよ。滝の前に立つとそういう綺麗な空気が流れているような気がする、あれと同じ。

リピとスッスとついでに大蛇に手を振られ、俺は岩山の中へ進むことにした。

岩山は天高く聳《そび》え立ち、地上からはてっぺんがどうなっているのか見ることができない。赤茶色の岩肌はつるりとしていて、なるほど卵を彷彿させた。

この岩山が卵だとして。この卵からオーゼリフが生まれたとして。

「割れてないんだよなあ」

「ピュイー」

岩肌をべしべしと叩くビーも、割れた形跡はないと首をかしげる。

小人族が造ったという祭壇は、岩山の洞窟の中にあるらしい。この洞窟は小人族が掘ったのだろうか。オグル族でも余裕で入れるくらいの広さがある。

洞窟にはいい思い出がないから中に入るのをためらう。モンスターは出てこないんだろうな、なんて思っていても、トラウマってものがありまして。

「ピュピュ」

「はいはい、行きますよ」

早く進めと俺の背を押すビーに従い、灯光《ライト》を二つ作った。

洞窟の入り口からゆるやかな下り坂になり、次第に階段のようなものが現れる。これも小人族が造ったのだろうかと思いつつ、ゆっくりと進む。

マイナスイオンは奥から流れている。不思議と中は寒くない。

洞窟内部は空気が湿りやすく、そこかしこに苔《こけ》が生えているものだ。魔素が淀《よど》んでいようといまいと、それは関係ない。だが、ここにはそうした苔が見当たらない。

壁面は何かの鉱石なのか、つるつるとしている。表面は赤茶色なのに、灯光《ライト》に照らすと金色に見える不思議な材質。これは何でできているのだろうか。何かの素材かな。

調査《スキャン》しようと杖を構えたら、俺の背中に食い込むビーの爪。

「ピュー……」

ビーは俺の背中にしがみ付きながら洞窟の奥を睨んでいた。奥に進むにつれ、ビーの爪が更に食い込む。

これは警戒態勢ではない。ビーは怒っているようだ。

ここまで来ればさすがにわかるよな。この正常な空気、流れる魔素、柔らかな花の匂い。

懐かしさすら感じる気配に俺は肩を落とし、見えてきた祭壇に向かって声をかけた。

「……何やってんだよプニさん」

洞窟の奥はぽっかりとした大きな空間になっていて、その最奥に祭壇があった。

階段状に造られた祭壇には、転がった酒樽と食い散らかされた供物。供えられていただろう花は萎《しお》れ、あたりに散らばっていた。

その祭壇の中央で優雅に眠る白馬が一頭。


――ぷるるるる……ぷー……ぷるるるる……


安眠している。

熟睡している。

なんでオーゼリフを祀る場所で優雅に眠っているのか。

一応心配していたっていうのに、呑気に寝ていたわけですか。

「ピュピュ！　ピューイ！」

人様のものを勝手に食うなと、ビーは怒り心頭。眠るプニさんのもとへ飛び、その腹をべしべしと叩きはじめた。気持ちはわかる。

そもそもここは寝床ではない。

散らばった供物を片付けながらプニさんに近づくと、俺は異変に気づく。プニさんの身体が全体的に小さい。いつもならこれの三倍くらい大きいような。

「プニさん、プニさん、朝ですよ。はい起きて起きて」

「ピュイ！　ピュイ！」

プニさんの鼻を撫でながら声をかける。無理やり起こすと機嫌が悪くなるのはわかるが、今のこの状態を説明してもらいたい。言い訳でもいい。

寝ているんだか起きたのか、プニさんの純白の尻尾がゆらゆらと揺れはじめた。

声は聞こえているのかな。それなら一発で目覚めさせる方法を採ろうじゃないか。

「さて、ビーは何が食いたい？　ベルカイムの屋台で買ったできたてホカホカなものがたくさんあるぞ」

「ピュイ！」

「まずはじゃがバタ醤油かな。それから、おかかと肉の握り飯弁当。野菜まみれの極太ベーコンスープ。グルサス親方直伝の肉巻きジュペ」

「ピューイーッ！」

「カニとチーズのなんちゃってグラタンだろ？　それから」

――ぶるるっ……

鞄の中から香り立つじゃがバタ醤油を取り出し、目を閉じたままのプニさんの鼻に近づける。鼻はひくひくと激しく動いたかと思うと、口だけがぱかりと開いた。

……入れろと。食わせろと。

「横着《おうちゃく》するなよ。仕方ないな」

寝ているのか起きているのかわからないまま、プニさんの大口に温かな料理を入れてやった。

プニさんは眉間に皺を寄せて難しい顔をしたまま口を動かし、次から次へと食べ続ける。隣でジト見してくるビーの口にも肉巻きジュペを突っ込み、しばし待つ。

もぐもぐと口を忙《せわ》しなく動かしたプニさんは、まだ目を瞑ったまま大口を開いた。

「プニさん、そろそろいいだろ？　プニさんだけ特別扱いするわけにはいかないからな。どんな種類でも、朝昼夕飯以外は一人一日五個までを厳守」

鞄の蓋を閉めてもうあげませんよとアピールすると、プニさんの片目がゆっくりと開く。

――……足りぬ

やっぱり起きていた。

＋＋＋＋＋

夥《おびただ》しい数の屍《しかばね》に囲まれながらも、王は唸り続けた。

鋭い爪で虚空《こくう》を裂き、素早く動き回る邪魔なものたちを威嚇する。

訳のわからない怒りが溢れ、流れ、弾ける。

目の前の動くものが憎らしくてたまらない。なぜ憎らしいのかはわからない。どうしてこんなに感情が高ぶるのかもわからない。

だがしかし、何かがやめろと叫ぶ。これ以上は暴れてくれるなと。

奥底で泣いている。嘆いている。


わからない。

悲しい。

悲しい。

くるしい。

だれか。

だれか。


たすけて。

＋＋＋＋＋

「オーゼリフ！　貴殿が怒りの権化《ごんげ》となりしその理由、我らはわからぬ！　じゃが、これ以上は暴れるな！」

ブロライトはオーゼリフの耳元で叫び続ける。

鬱陶《うっとう》しいと吠えられても、巨大な鉄球を投げつけられたかのような衝撃を身体で受け止めても、諦めるという言葉はブロライトにはなかった。

どのような理由があろうとも、王はオゼリフ半島を守り続けた古代神。どんな神でも等しく尊いものという認識がエルフ族にはある。

たとえそれが死を司る神であろうと、神はこの世界を創り出してくれた存在なのだから。

「ぐあぁっ！」

一瞬の隙をつかれ、オーゼリフの尻尾がブロライトの背中に直撃した。

全身を稲妻に打たれたかのような激痛が走る。目の前に細かな光が過《よぎ》り、呼吸が止まりそうになる。

「ブロライト！」

激しく地面に叩きつけられた身体は、大地に巨大なひびを走らせた。

クレイストンの心配をよそに、ブロライトは瞬時に立ち上がり再びオーゼリフへと突進した。

華奢《きゃしゃ》で儚《はかな》い存在に見えたエルフだったが、存外肉体は頑丈らしい。

クレイストンにも一切の余裕がなかった。オーゼリフの抵抗は激しさを極め、今まで戦ってきた上位のモンスターとは比べ物にならない。

手にした太陽の槍がなければ、もしかしたら致命傷を負っていたのかもしれない。太陽の槍は主であるクレイストンの身を守ろうと、攻撃を全て受け止めてくれるのだ。

「ブロライト！　大事ないか！」

巨大なオーゼリフの牙を受け止めながら、クレイストンはブロライトに声をかける。

「これしき、大事ない！」

普通の人間ならば即死であろう攻撃を受け止めたブロライトであったが、鼻から流れ落ちる鮮血を腕で拭い笑ってみせた。

余裕そうだが、強がりに過ぎなかった。オーゼリフと攻防を続けてから半時は経つ。僅かな魔素を体内に取り込み糧《かて》とする神を相手にしているのだ。

オーゼリフは攻撃の手を休めることはない。鼻面から放たれる溶解光線の威力は失われつつあるが、それでも気を抜けば一撃必殺の牙が飛んでくる。

大地はひび割れ、隆起し、オグル族の鍛錬場であった面影は残っていない。数えきれないほどのモンスターの骸《むくろ》が重なり合い、酷い臭気を放っていた。

ブロライトも自分の身体が限界であることを知っているのだろう。肩で激しく呼吸を繰り返し、それでも目にもとまらぬ速さでオーゼリフの攻撃をかわす。

「無理をするな！」

「クレイストン、今は無理をする時なのじゃ。荒ぶる神なぞ、憎まれる神なぞ、決して存在してはならぬ！」

鮮血の混ざる唾を吐きながら、ブロライトはオーゼリフを指さす。

数えきれないほど王様の攻撃を受けたブロライト。手足は震え、今にも倒れてしまいそうなほど。それでもブロライトの瞳は力を失ってはおらず、両手を赤で染めながらもジャンビーヤを握りしめた。

命を懸けるほどの攻防を続けている最中、クレイストンはブロライトを見ながら静かに微笑む。

呪われた血脈と言われ蔑まれた過去を持つというのに、今はなんとも男らしいことか。幼い肉体を持つ兄アージェンシールが今のブロライトの姿を見たら、喜びに打ち震えるであろう。

クレイストンはそう考え、ふとある言葉を思い出す。

他所事を考える余裕があるということは、まだ全力ではないんだよ――

などと、あの素材採取家は呑気に言っていた。何を知ったことをと思ったが、確かにその通りだった。

クレイストンは槍を持ち直すと、深く息を吐き出す。

オグル族が崇め、小人族が敬《うやま》う尊き神だ。

オーゼリフは自我を失っていると小人族は言っていた。それならば、正気に戻すこともできるはずだ。

本来あるべき姿に。

「自我をうシないし神、か。ふふフフ。レザルよ、貴様は神と刃を交エたことはあルか」

オーゼリフ以外の全てのモンスターを屠ったリンデルートヴァウムは、巨大な竜牙刀を地面に突き刺した。

荒ぶる巨大な白き狼を前に、隣に立つ盟友に語りかける。

盟友レザルリアは答えた。

「ふんっ、さあな。やらかしたことなんざ覚えちゃいねぇさ。だがな、友よ。俺ぁ何百年ぶりかに震えたんだ。わかるか？」

身の丈ほどの斧を肩に担いだレザルリアは、銀に輝く己の手を握りしめる。

その拳はかたかたと震えていた。

「この身体はただの石さ。ただし、特別な魔鉱石を混ぜた特別な身体だ。偏屈ジジイが造り出し、寝ぼけた野郎がフラッフラになってまで改良した、世界で唯一の」

レザルリアは笑う。

英雄と謳《うた》われた生前。

だが、もしもあの頃に荒ぶる神と対峙することがあったとしたら、きっと足がすくんで腰が抜けていただろう。

しかし、今は違う。

この冷たい石で造られた身体は、心までも強くしたようだ。

「友よ。俺は今でこそ、この言葉を言おう」

担いでいた斧を手に取り、腰を落とす。

レザルリアに続いてリンデルートヴァウムも笑い、竜牙刀を構える。

風を肌で感じることはなくなった。だが、沸騰《ふっとう》しそうなほど熱い血潮《ちしお》を忘れたわけではない。

相手に不足なし。

こんな大物と刃を交える機会を与えてくれたあの寝ぼけ眼《まなこ》の男に、感謝をしよう。

「俺は、生きていて良かった」

黒と銀の巨体は、大地を駆けた。

＋　＋　＋　＋　＋

「――――はっ！」

「なによ」

「誰かに感謝された気がする！　痛っ！」

「馬鹿なこと言ってんじゃないわよ」

空気を読まなかったことは自覚するが、なぜに殴るかな。しかもグーかよ。

機械人形《オートマタ》であるリピの拳は岩をも粉砕するんだから、気をつけてもらいたい。

「ピュピュピュピュピュ……」

「ビー、わかったから、もう痛くないから、はいはいありがとう」

「べろべろべろべろ」

「臭い！　やめい！」

殴られた後頭部をビーに舐められつつ、鍋に汲《く》んだ魔素水を飲み干したプニさんに問う。

「それで？　オーゼリフの祭壇に溜まっていた悪い魔素っていうのは、全部プニさんが浄化したってことでいいのかな」

「ぷへー……そうです。わたくしの力がなければ、この地は悪しき魔素溜まりとなり腐っていたでしょう」

王都の料理人ユルウさん特製握り飯弁当を五セット食べた馬神様は、やっと人型を取れたと言った。

ちなみに俺たちは、祭壇があった洞穴から外に出て、岩山の後ろにある開けた場所に移動してきている。

ここは不思議と雪が積もっておらず、太陽が姿を見せていた。ダヌシェを出てから久しく見ていなかった太陽に目を細めながら、その光を全身に浴びる。加熱《ヒート》魔石を起動していないのに暖かい。やはり太陽は偉大だ。

倒木にそれぞれ腰をかけ、エプル茶を飲みながら一息。魔力を限界まで使ってしまったというプニさんの回復を待ち、経緯を聞くことにしたというわけである。

なぜ、魔力を限界まで使うような目にあったのかと。

「神や精霊はただそこにいるだけの存在ではないのです」

「うん」

「わたくしもただ大飯食らいなわけではないのです」

「えっ」

「私の純粋かつ美しい魔力で大地の淀みを癒しているのです。それには供物が必要なのです」

「ただの大飯食ら……大地の淀み？」

「魔素は糧《かて》にも毒にもなるのはお前も知っているでしょう」

それはもう。

マデウスでは魔素は、そこかしこに存在している。

俺たちは魔素を取り込み、魔力に変え、火や雷や氷といった魔法にすることができる。だが、細かい仕組みは聞かないでもらいたい。俺は魔素専門家じゃないんだ。魔法の構築がどうたらこうたらなんて、わからん。

魔素を俺の前世の知識で無理やり説明すると、メタンやプロパンといったガス燃料のようなものに近いかもしれない。

ガスはコンロなどで利用できる生活必需品だが、人間が吸うと死んでしまうことがある。ガスは一定期間留まっても腐ることはないが、魔素は留まり続けると腐るらしい。なぜに。

腐った魔素は大地を淀ませ、生けるものを食いつくし、草木も生えない恐ろしい場所に変えてしまう。

「ん？　でもボルさん……えーと、ボルデ……なんとかかんとか……の、古代竜《エンシェントドラゴン》も魔素溜まりがどうので大変そうだったけど、正気だった」

ボルさんの時は普通の森を真っ白に変えてしまうほどの影響はあったが、大地は腐ってはいなかった。ボルさんの出し汁《だじる》である魔素水があっただけ。

「古代狼《シグリドヴォルフェイウス》と古代竜《エンシェントドラゴン》を比べてはなりません。ヴォルディアスは創世の地を作りし大神。ヴォルデイアスが大地そのものであれば、オーゼリフは……大地を整える農耕器具のようなものでしょう」

「神様を道具に例えるのか」

「道具のように小さき存在に過ぎないと言っているのです」

例えが下手だな。

ちなみに、プニさんの話にリピは完全に飽きている。大蛇に懐かれ纏わりつかれているスッスを見て笑っていた。

ビーはジト目でプニさんを睨んでいる。

「ピュピューィ」

「ああ、例えはともかくだ。ボルさんほどの力がなかったから、オーゼリフは自我を失ったと？」

プニさんは深く頷いた。

「オーゼリフがいたからこそ、この地はこれで済んでいるのです。あのものは我を忘れるほどに力を使いました。その身に悪しき魔素を全て取り入れ、この地が汚されないよう命を賭《と》したのでしょう……なんたる愚かな」

プニさんは悔しそうに言った。

守護していた大地を汚されてしまう辛さは、プニさんも経験している。ガレウス湖がパレシオン毒に汚染された時、プニさんに浄化の力はなかった。魔素のせいで力を奪われ石化し、湖が汚されていく様を見ているしかなかった。

俺はオーゼリフが愚かだったとは言えない。守護していた大地を大切に思っていたからこそ、命懸けでなんとかしようと思った結果が、アレ。

魔素の流れが変わっただけで、神様から力をなくしてしまう。いくら神様だって、できることとできないことがあるんだ。

住処を守りたかっただけ。

きっとただ、それだけだったはず。

「ピュ！」

ビーの警戒警報発令。

それと同時に大蛇はリピの影に潜り込み、姿を消してしまった。

足裏に感じる微かな振動。うなじのぞわぞわ。

「オーゼリフがお前の魔力を捉えたようです」

「気づくの早いな」

「お前を食ろうて力とするのでしょう」

えっ。

やっぱり俺、食われる対象なの？

寒さ対策のため四方に張った結界《バリア》用魔石が、震えたかと思ったら瞬時に蒸発してしまった。

なんでと叫ぶ前に、身体が飛び跳ねるほどの振動が大地に走る。

いつか観たことのある、恐竜が出てくる映画。あの恐怖シーンを思い出した。水溜まりに振動がずっしんずっしんくるやつ。あれ、超怖いよな。

今この状況で思い出すのがそれかよと考えつつ、白い息を吐き出した。

エプル茶で温まったはずの身体が、じわじわと冷えていく。

寒いのはいい加減に慣れたと思っていたのに、睫毛《まつげ》が凍るほどの極寒は慣れるもんじゃない。

全身からブリザードでも出しているんじゃないかってくらい、冷たい風と雪と氷をまき散らしながら、木々を薙ぎ倒し、ゆっくりと巨体が近づいてきた。

オーゼリフの身体の毛は血と泥とあれやこれやで汚れ、異臭を放っている。異臭というか独特のケモノ臭。くっさい。

あれ、全身に清潔《クリーン》をぶちまけたいな。

「……オーゼリフ」

プニさんが顔を顰《しか》め、悔しそうに呟く。

さっきも村で見た超巨体だけど、ボルさんよりかは少し小さいくらいになっている。

もしかしたらクレイたちのおかげでここまでの大きさになったのかもしれないが……疲れると身体が小さくなるのかはわからない。

力を解放すると巨大化するんじゃないのかな、なんて戦隊ヒーローもののロボを思い出して苦笑。

こんな呑気なことまで考えられるということは、俺に耐性ができたからだろう。耐性がなければ足がすくんで腰を抜かしているところだ。現にリピは青ざめ、スッスは引っくり返って白目を剥いている。これがごく普通の反応。

さてさて。あまりのんびりとしていられない。

鞄の中から白水晶を取り出し、魔力を込める。

「あーあー、もしもしもしもしー、ブロライト？　聞こえますかー」

白水晶は淡い光を放ち、予想に反して野太い声が返ってきた。

「タケルか？　すまんな、オーゼリフがそちらへ向かったようだ」

応えたのはクレイだった。ブロライトに預けた白水晶に連絡を取ったはずなのに、どうしたんだろう。

「お疲れ、クレイ。オーゼリフは目の前でしんどそうにしている。しばらくは息を整えたり魔素を吸収したりするんじゃないかな」

事実、俺の身体から何かがぬるぬると漏れ出ているような気がするのだ。これはビーに魔力を注いだ時に感じた、あの掃除機的な現象と似ている。オーゼリフが俺の魔素を吸収しているんじゃないだろうか。妙に遠慮がちに吸っているけど。

急激に魔力を吸われるような予感がしない。オーゼリフから放たれていた殺気は、村で遭遇した時よりもかなり少なくなっていた。

「それより、ブロライトは？　オグル族や小人族のみんなは無事か？」

「うむ。無事、といえば無事であるな。負傷者は多数出たが、命に別状はなかろう。ただな、ブロライトが……」

「ピュイッ⁉」

「うべっ、こらビー、俺の顔を踏むな！　ブロライトが？　どうしたって？」

「疲れ果てて眠っておる。深く眠っておるのに、あやつの腹の虫は鳴きわめいておるわ」

器用だな。

「ブロライトも無事なわけだな？」

「深手を負ってはいるが、エルフ族は自己治癒力が高いからな。しばらくは眠らせて、起きたらたらふく食わせてやれば回復するであろう」

ああ良かった。いや無事じゃないかもしれないけれど、眠りながら腹の虫がわめいているってことは、今すぐどうにかなるほど重傷というわけではないのだろう。

ビーと顔を見合わせ、肩の力を抜く。みんな無事で良かった。ほんとに良かった。

メカロボ連中も無傷らしく、今はお肉回収中。オグル族と小人族らに取り囲まれて勝鬨《かちどき》の声を上げたらしい。いやいや、まだ事態の収拾は済んでいませんて。

俺もプニさんを発見し無事であることを伝え、こちらは大丈夫だからとりあえずオーゼリフと会話を試みると言って通信を終えた。

俺の勘に過ぎないけれど、オーゼリフはもう激しく暴れないような気がするんだ。

「神が自我を失うなど、なんたる屈辱《くつじょく》。大地を慈《いつく》しみ、そこに息づくものを守るのが古代神たるものの務めでしょう。何をやっているのですか」

荒く呼吸を繰り返すオーゼリフは、プニさんの声に応えない。赤黒い目で俺だけを睨みつけていた。

「わたくしの！　声が！　聞こえないと！　言うのですか！」

拳をぶん回しながらぷんすこ怒るプニさんは、むきになってオーゼリフを叱り続けた。

さてさて、オーゼリフは荒い呼吸を懸命に抑えようとしながら俺を睨んでいる。消耗しているというか、しんどそうだ。ちょっと流血が激しいのが気になるが、神様だから死ぬことはないはず。

オーゼリフが暴走していたのは、例のごとく魔素の流れがどうのこうののせい。

本《もと》を正せば、古代竜《エンシェントドラゴン》であるボルさんを助けた俺が原因。人助けならぬ竜助けを知らぬうちにやっていたら、各地でこれだけの影響が出ていた。

ドワーフ王国の坑道で巨大カニが目覚め、エルフの郷で巨大ナメクジが放たれた。俺が知らないだけで、他にも迷惑を被《こうむ》っている人がいるのかもしれない。

ボルさんの影響というか、古代竜《エンシェントドラゴン》の存在というのはそれほど重要だということだ。

「タケル、タケル、わたくしに代わりあのものを引っ叩いておやりなさい！　ぐーですよ！　ぐー！」

「はいはいどーどーどー、プニさん落ち着いて」

「ひひんっ！　わたくしはっ！　あのような無様《ぶざま》な姿の古代神など、見たくはありません！　ぶるるるっ！」

「プニさんが怒るのも無理はないけど、我を忘れるほど怒るのはやめてくれな。プニさん、興奮して馬耳出てる」

「ぶるるっ、ぶるるるっ、わたくしは古代神として！　気高く誇り高く美しくあり続ける義務があります！　そんなっ、そんな、我を忘れるなど！　ひひーんっ！」

「えーと、カニ肉団子とピリ辛手羽先、どっちにする？」

「どっちも食べます」

怒れる馬神様を大人しくさせるには、美味い飯。

鞄から両方取り出して掲げてみせると、プニさんは怒るのをやめてピタリと大人しくなった。

今にも襲ってきそうな巨大狼を前に呑気なものだなと思いつつ、お行儀よく岩場に座したプニさんに温かなエプル茶入りの魔法瓶を手渡す。腰を抜かしているスッスにも差し出しておいた。

「スッス、リピ、そこから動かないでくれよ。もしオーゼリフが暴れるようなことがあれば、プニさん」

「わかっております。この者たちを背に乗せれば良いのでしょう」

「ありがとう。あとでキノコグミあげる」

「ひひん」

無言で繰り返し頷いたリピは、引っくり返ったままのスッスの脳天を叩いて起こした。

俺はユグドラシルの杖を両手に構え、両足をしっかりと大地に着ける。

魔法は強い思い込み。自分は絶対にできると信じて、魔力を込めた。

「結界《バリア》、展開」

オーゼリフと俺を包むように結界《バリア》を張ると、結界《バリア》の範囲外にいたビーが慌てて飛んできた。外にいりゃいいのに、可愛いやつめ。

結界《バリア》を張ったのは、保険。もしもオーゼリフが急に暴れた場合、俺は素早く動くことができない。できるかもしれないが、スッスを必ず守れるという自信はないから。

それに、ここは巨大な木々が聳《そび》え立つ立派な王様の森。この森のどこかにある王様の眉毛を採取したいんだ。森が焼け野原にでもなったら、眉毛が採取できなくなる。

そうしたら、俺はオーゼリフを生涯恨むだろうからな。

「さてと。オーゼリフ、そろそろ話を聞いてくれてもいいんじゃないかな。声は届いているんだろう？」

「ピューイ」

かすかに。

ほんの、かすかに。

囁くように。

小さく、小さく。

――たすけて

声がした。

鋭い牙を剥いているのに。

俺のことを殺してやるという目で睨んでいるのに、オーゼリフの目からは大粒の涙が溢れていた。

涙は巨大な雫《しずく》となり、大地にぼとぼとと落ちていく。

「オーゼリフ、疲れたろ？　たくさん暴れたんだから当然だよな。俺の仲間たちがお前のことを殴ったり蹴ったりしたのは、お前の身体から魔素を抜くためだったんだ」

だからまあ、許せ。

笑ってやると、オーゼリフは次々と涙を落とした。

なんらかの事情があって悪い魔素ができて、それを吸ったオーゼリフから自我を奪った。それならその悪い魔素ってやつを目いっぱい使ってやって、消耗させればいいんじゃないかなと。

根拠のない対処法だ。魔素がなんであれ、溜まった毒素を出せばいいんだろう？　デトックスみたいなもんだ。

もしかしたらオゼリフ半島の異常な雪は、オーゼリフが必死になって力を使おうとしたからじゃないか？　力を使えば、それだけ悪い魔素も減っていく。

悪い魔素が減るのはいいが、吸収するのも悪い魔素なんだから本末転倒な話なんだけど。

それだけ必死に足掻いていたんだ。

助けてほしいと、叫んでいたんだ。

「悪い魔素ってどうすればいいんだ？　ビー、お前何か対処法知ってる？」

「ピュゥーイ」

「ドヤ顔で知らないって言わないの。そりゃそうだよな。お前には悪い魔素なんて吸わせたことないからな」

「ピュイ！」

ぽっこりお腹を見せながら、ビーが嬉しそうに返事。可愛い。

オーゼリフに残っている悪い魔素を俺が吸って……いやいやいやいや、そんなことしたら俺が暴走するかもしれないじゃないか。我タケルなるぞとか言っちゃって、目から怪光線が出ちゃったらどうしよう。戦闘能力は三です。

「魔素水をたくさん飲ませればいいのかな」

「ピュピュ？」

「そうだよなあ。魔素水を飲んだところで、悪いものが出ていくわけでもないだろうし」

「浄化すれば良いのです」

「そもそも古代神って食ったり飲んだりしたものを出さないし」

「ピュイ」

「浄化すれば良いのです」

「それはそれで便利な身体なんだよなあ。トイレに駆け込まなくていいって、羨ましいよなあ」

「もぐもぐもぐもぐじょうばふればびょいのでふひゅ」

「なんて？？」

サブリミナル効果のように俺とビーの会話にしれっと交ざったプニさんは、口の周りを食べかすだらけにしながらとんでもないことを言った。

「お前が作りし魔道具《マジックアイテム》があるでしょう」

「俺が作った魔道具《マジックアイテム》……？　ああ、キエトの洞に入る時、皆にやったあれか」

「しつこくこびりつく悪しき力は、消してしまえば良いのです」

浄化《パージ》の魔石で作った、魔道具《マジックアイテム》。

そうかそうか。オーゼリフを浄化して清浄な魔素を吸わせればいいんだ。

「もっと早く言ってくれれば……」

「荒ぶる神に浄化の力など効きません。消耗した今だからこそ通じる技なのです」

「忘れていたわけじゃないよな」

「ひ。ひん」

はい、忘れていましたね。

俺もプニさんを責めることはできない。浄化《パージ》の魔法をすっかりと忘れていたんだから。

視線を逸らしたプニさんをジト目で見ながら、鞄の中から浄化魔道具《パージマジックアイテム》を取り出す。でも、こんな小さな魔道具《マジックアイテム》ではオーゼリフには効かないだろうから、俺が直接浄化しないといけないか。

「プニさん、オーゼリフを浄化したらどうなる」

「今ある力は失われるでしょう」

「死ぬの？」

「まさか。そのようなことはありえません。古代狼《シグリドウォルフェイウス》は古代神。存在が失われることはありません」

それならいいけど。

大地を守護する神様って、土地神や地主神のようなものだろ？　オーゼリフが死んでしまったとしたら、オゼリフ半島がどうなるかわからない。

しかし、同じ古代神であるプニさんが言うんだ。きっとなんとかなるだろう。

浄化するついでにあのくっさい身体を清潔《クリーン》で綺麗にしてやって、それから魔素水を飲ませればいいか。

11　輝く光、安寧《あんねい》の時

「あ、そうだそうだ。スッス、リピ、頼みたいことがあるんだけど」

全力魔法をぶちかます前に、諸々の注意事項を伝えなければならない。

俺は杖を両手に構えながら背後の二人に声をかけた。食べることに夢中なプニさんに言っても無駄だろうから、この二人に託すしかない。

「何？　アンタが何をやらかしても、今更驚かないわよ」

そりゃ良かった。

呆れ気味に苦く笑ったリピは、腰を抜かしたままのスッスの両脇に手を入れて、スッスを起き上がらせた。

「これからオーゼリフを助ける。全力で魔法をぶちかますから、俺はたぶん眠る」

「えっ？　ど、どういうことっすか？　眠る？」

「疲れて寝るだけだって。数時間くらいしたら起きると思う。その間に村に戻れたら戻ってほしい」

「兄貴は寝るだけなんすね？　寝るだけ、なんすよね？」

心配してくれるスッスをよそに、俺の事情を知っているリピはハイハイと頷く。俺は魔力を使いすぎると生きるために省エネモードに入るのか、強制的に眠ってしまうのだ。

「ピュ！」

ビーも了解したとばかりに手を挙げてくれた。

「兄貴、大丈夫なんすよね？　ほほほ、ほんとに、大丈夫なんすか？」

「大丈夫に決まっているじゃない。アイツ、自分の身がいちばん大事なんだから。無理なら無理って言うわよ」

オイコラ。機械人形《オートマタ》軍団を修復した時、無理です許してくださいと訴えても、アンタならできるんでしょやりなさいよほら早くと強制してきたのは誰ですか。忘れちゃいないぞ。スッスの心配がありがたい。

さてと。

鞄の中から魔素水をボウルに注ぎ、それを一気飲み。魔素水が身体の隅々に染み渡っていく感覚。

腹の下が温かくなり、力が湧いてくる。

悪いものを全て取り払うように。

消えてしまうように。

光で全てを包み込むように。

「ふーーーーー、それじゃあいくぞ。完全浄化《オールパージ》、展開」


神様相手なのだから、やるならとことん徹底的に。

ユグドラシルの杖から放たれた眩い光は、巨大な球状になってオーゼリフを包み込んだ。

周囲に張っていた結界《バリア》が解けるのと同時に、光だけの世界に変えていく。

俺の全身から魔力がごりごり吸われていく感覚は、もう何度目だろうか。

「ぬおおおぉぉおうおおうおおう!!」

妙な悲鳴を上げてしまうのは許してもらいたい。この、全身を巨大掃除機で吸われていく感覚、何度やっても慣れないんだよ。もっと遠慮しろよ。

「ピュイイィーーー……」

心配をしてくれるビーの声が遠くに聞こえた。

大丈夫、きっと大丈夫。

浄化《パージ》の魔法は、悪いものを清める魔法。

悪いものが消えてしまうように。

美しい大地を守ってきた、偉大なる王様が帰ってくるように。

皆がまた、平和に暮らせるように。

心を込めた。

＋　＋　＋　＋　＋

――アハハハッ！　見てごらんよ、すごい！　彼は三体目の古代神を救ってしまった！

――なぜ、なぜなんだ？　どうして命を懸けることができる？

――彼にその意識はないんだよ。命を懸けたなんて、これっぽっちも思っていない。

――古代神の力に呑まれ、魂が消滅してしまうかもしれないというのに。

――知らないからだよ。力を失った古代神に力を与え、救うことの危険性を。

――莫迦《ばか》じゃないのか！

――いいや、違うよ。それは違う。

――ありえない。こんな人間、ありえない。

――違うよ。それも、違う。

彼は愚かなわけじゃない。

ただ、優しいだけなんだよ。

＋　＋　＋　＋　＋

どろりとした思考。
痛む頭の奥。
指先を動かそうとしたら、手首と腕に激痛が走った。
久々の筋肉痛だな。これもまた、何度やっても慣れない。そもそも俺の身体は頑丈にできているから、筋肉痛になるのは全力で魔法を使った時だけなんだよ。日頃、依頼《クエスト》消化で全力魔法なんてぶちかまさないからなあ。これもいつかは慣れるんだろうか。いや慣れないだろうなあ。
「ピュイ、ピュイィ、べろべろべろべろべろ」

臭っ。

まーたビーのやつ、俺の顔面舐めやがって。ああでも、心配してくれるんだから喜ぶべきなんだろうな。でもくせぇ。

「タケルの様子はどうだ」

「ピュイィ……」

「ふむ……此度《こたび》は眠りが深いな。それだけオーゼリフに力を与えてしまったということであろうか」

いやそれ違う。別に力は与えていないんですよクレイさん。ただ、オーゼリフの中にある悪いものを取っ払っただけ。

ついでに俺の魔力を根こそぎ吸い取っていったわけだから、同じことなのかな。

クレイのざらざらごつごつした手が俺の腕を握る。

脈はあるだろ？　死んでないからな。

「まだ身体が冷たいな。目を覚ますにはしばしかかるであろう。ビー、スッスも、少し休むといい」

「いや、おいらは傍にいるっす。い、命を懸けて王様を助けようとしてくれた兄貴に、ぐすっ、報《むく》いたいんす」

「ピュイ、ピュイ……」

「泣くな。タケルは眠り続けているだけだ」

ほんとだよ。

スッス泣いてるの？　あらやだビーも貰い泣きしてるじゃないか。ちょっとやーめーてー。

「タケ、ル、【まだ起きないでやんの】起き、ないのか」

「クヤラ、ググさん、みんなも、来てくれたんすか？」

「スッス、様子、どうだ。タケル、王の、怒り、しずめ、【なんてーの？　すげぇよなマジで。でもタケルが起きねぇとなあ、喜べねぇし】我ら、の、恩人」

クヤラとググもお見舞いに来てくれたわけ？　えー、悪いなあ。

あれ？　他にもオグル族いない？　小人族もたくさんいない？　どんだけいるの？

なんだか大事《おおごと》になってるんだけど？　ちょっと？？

ただ眠っているだけで、全身筋肉痛なだけですから！　ぶっちゃけ意識は半覚醒しているんですよ！　誰も気づいてくれないの？

「タケル、早く起きるのじゃ。腹が減って敵わん」

ブロライトが先に起きているってことは、俺はどんだけ眠っていたんだ？

思っていたよりも長いこと眠っているのかな。

起きたら何を食わせてやろう。一度ベルカイムに戻って屋台村のご馳走を買ってくる、っていう手もあるな。それよりも米が食いたい。白い米。大量のモンスターの肉を醤油とショウガとニンニクに漬け込んでステーキ焼き肉にしてやりたい。どんぶりにしてやりたい。小人族に米を炊いてもらおう。大量の米を。

ああ、でもまた眠くなってきた。

もう少し眠らせてほしい。

あと少し。

五分。

あと五分……

＋＋＋＋＋

「ピュイ!!」

「ほふぇっ！」

心地のよい微睡《まどろみ》の中、ゆっくりと気持ちよく漂っていたというのに。

ビーの大音響の鳴き声で目がぱっちりと覚めてしまった。

待てよ、もう少し眠らせてくれても良かっただろう。

「ピュイィッ！　ピュイイイィィ～～～ッ！」

「おぶぇっ!!　おえっ、うげ、起き抜けの鳩尾《みぞおち》はほんとやめて……」

「ピュイィィッ！」

起きるのが遅いだのやっと目覚めたのだの、良かった起きて良かったと繰り返すビーの背を撫でてやる。

「ビー、おはよう」

「ピュイ！」

「はははっ、言っただろうが。数時間は眠るって」

「ピュイィ！　ピュウーイ」

「え？」

みっか？

三日も？　寝ていた？

「誰が」

「ピュイッ！」

「オブッ！」

ビーの心配は怒りに変わったようだ。泣きじゃくりながら俺の鳩尾《みぞおち》を殴ってくる。やめて。ほんとやめて。出るから。モツが、モツが。

三日も眠ったままだったとビーは言っているが、俺としては数時間、それこそ半日くらいの昼寝感覚だったんだけど。

「アニキーーッ！　起きてくれたんすか！」

「あ、スッス、おはうべっ」

「あにぎいいいぃぃぃっ！　ずっど、ずっどねむりっぱなじでええええっ、おいらあああ、じんぱいでええぇぇぇ」

ビーの悲鳴にも似た怒鳴り声にスッスが気づいたらしく、涙と鼻水まみれの顔面で俺の背中に突進。背骨が、背骨が。

腹と背中がじっとりと濡れている。こりゃ俺の服は涙と鼻水とヨダレまみれ決定だな。

しかし、三日か。三日も眠ったままというなら、そりゃ心配するだろう。俺だってクレイが三日も起きなかったら、天変地異の前触れだと騒ぐに違いない。

ビーとスッスが泣き続けるものだから、騒ぎを聞きつけた小人族とオグル族が駆けつけ、泣きながら俺に突進。

心配はとてもありがたいし、なかなか起きないという申し訳ないことをしたとはわかっているが、起き抜けで筋肉痛が少し残っている身に巨体と重量がダブルパンチ。

もみくちゃにされ、髪の毛をかき回され、俺が起きたことを喜んでくれた。

「タケル、起きたか！」

「タケル！　無事じゃったか！　なかなか起きなかったゆえ、腹が空いた！」

「タケル、お腹が空きました」

クレイとブロライトとプニさん。

相変わらずだなあ。俺も腹が減ったから、早く何か食いたいよ。手はじめに米を炊こう。

「タケル！　アンタやっと起きたの？　いつまで寝てるのよ！」

「リピ、そう騒ぐデない。心配でアったと、素直にイえば良かろう」

「心配なのはタケルじゃないわよ。カリディアで留守番しているあの馬鹿が、何かしでかしていないかと不安なのよ」

「……忘れていたと言ったら、怒るか？」

リピとリンデとレザル。

そうだな。俺も不安だよ。留守番を任せっきりのヘスタスが暴れていないか。

申し訳ないことをしたなと思いつつも、嬉しくなった。

心配してくれる誰かがいるってことは、それだけ必要とされていること。

ありがたいことだ。

「心配かけてごめん、ありがとう。俺はもう大丈夫」

へらりと笑ってみせると、皆が喜んでくれた。

12　山笑う、白き毛玉に映《は》える碧《へき》

雲一つない晴れた青空の下、雪解けの土を踏みしめながら腰に力を入れる。

木の皮を傷つけないよう、根こそぎ摘み取ってしまわぬよう、細心の注意をしながら若葉だけをいただく。

もじゃもじゃとした見た目はまさしく王様の眉毛。実際の王様は巨大な狼だから、こんな眉毛ではないのだけれど。

「そうっす。上手いっすよ、兄貴」

震えそうになる手を押さえつつ、小刀を添えた。

スッスの教え方は丁寧かつ明確。伊達《だて》にギルド職員というわけではないな。

「さすがっすね兄貴！　見事な腕前っすよ！」

ただし、少々大袈裟《おおげさ》ではある。

俺が三日間眠りこけていた間、王様の森は見事な変貌っぷりを遂げていた。

空は青く澄み渡り、風は暖かな春を運ぶ。柔らかな日差しのおかげで高く降り積もっていた雪はあっという間に溶けた。

待っていましたとばかりに森には動物たちが戻り、禍々しい気配を纏ったモンスターの姿は消えてしまったようだ。

古代狼《シグリドウォルフェイウス》の浄化をした俺は、魔力を根こそぎ吸われ意識を失った。その後のことは間近で全てを見ていたスッスとリピが教えてくれた。もっとも、スッスは泣きっぱなしでまともな話ができなかったけど。

リピが教えてくれた話によると、王様を包んだ光は次第に小さくなっていき、最後は祭壇がある巨大な卵石《たまごいし》に吸い込まれ消えてしまった。

あれこれどうすんの？　古代神消滅させた？　とスッスが泡噴いて倒れる五秒前、巨大な卵石にヒビが入りぱっかりと割れてしまったそうだ。その時のスッスの悲鳴は森中に轟いたとか。

王様がどうなったのかはわからないけど、空が晴れて雪が溶けたということは健全な精神を持つ守護神へと戻れたということ。そう思いたい。

「兄貴さん兄貴さん、おいらこんなに採ったっすよ！」

「おいらのほうが綺麗に採れたっす」

「お前らのは朝露《あさつゆ》が消えているじゃないっすか。おいらのは七色に光っているっす」

採取したものを嬉しそうに報告してくれる小人族たちは、なぜかスッスに倣って俺のことを「兄貴」と呼び出した。この場合の兄貴呼びは肉親に向けるそれではなく、尊敬しているからこそ親しみを込めてそう呼ぶのだそうな。

数人の小人族と護衛のオグル族に案内されて来たここは、王様の森の中枢《ちゅうすう》。雄々《おお》しい巨木が立ち並ぶ場所だ。

この場所で採取できるヤルヴモーフ、通称「王様の眉毛」は質が宜しく状態も素晴らしい。

そもそもこの森を目指していたのはスッスの安否確認と物資の輸送、そして珍しい素材の採取なのだ。

三日間眠りまくって英気《えいき》を養い、起きて速攻に米を炊き肉を焼いて煮て炒めてあれこれと作りまくって大宴会をしたあと、小人族とオグル族に言われた。どうすればこの大恩を返すことができるのかと。

俺は恩なんて返さなくていいし、村に滞在させてもらっただけありがたいと思っていたんだけど。

しかし、どうせならと頼んでみたわけだ。

王様の眉毛、ちょろっと採取してもいい？　と。

それで彼らは快く承諾してくれた。そして、禁忌とされている王様の森の奥へと入らせてくれたのだ。

「どれもこれも新鮮で綺麗なものばかりだって。あーいい匂い。たまらん。早くすり潰したい」

小人族たちが採取した眉毛。緑色のもじゃもじゃとした苔にしか見えないんだけど、これがまた。素晴らしい苔だったのだ。

【オゼリフヤルヴモーフ　ランクB＋＋】

オゼリフ半島にあるオーゼリフの縄張りにのみ生息する苔。朝露を帯びたものは水滴が七色に輝く。

王様の眉毛と呼ばれているが、オーゼリフの眉毛はこんな形はしていません。

すり潰せば虫よけになる。炎症を抑える薬としても用いられるが、食べることも可能。

刺身と醤油とくれば、あとはわかりますね。


調査《スキャン》先生の意味深な教えを疑いつつも、ヤルヴモーフを粉末状にして持ち歩いているスッスに実物を見せてもらったら。

魂が呼ぶ故国の記憶。

この身にその血が流れていなかろうとも、忘れることができない懐かしの味。

嗚呼、巡り逢えたねやっとこさ。

これが叫ばずにはいられるか。

「わさびぃぃぃぃぃーーーー‼」

そう、ヤルヴモーフはただの苔に見えるが、実はワサビの匂いがしてワサビの味がする、所謂《いわゆる》ワサビだったのだ！

緑色で虫よけになる時点で気づけば良かった。いや気づけるわけがなかった。まさか苔がワサビになるとか考えもしないって。

「【はっはっは、まさかそいつを食うなんてなあ！　アッタマやべぇんじゃねぇのマジで】」

それはよく言われる。

ググの大笑いなんてなんのその。俺は食いますよ食えるんだから。


採取した新鮮なふさふさ苔をさっそく合同村へと持ち帰り、これは食べられるんだと公表。大多数が苦虫を噛み潰したような顔をしていたが、我らが蒼黒の団の面々は興味津々。

このままでもしゃきしゃきとした食感で食べられるが、どうせならと薬研《やげん》ですり潰した。ペースト状になった苔を恐る恐る味見をしたらば、ツンと目に来る辛味。

そうそう、これだよこれ。しかも新鮮すりおろしのワサビと全く同じ味！　居酒屋で出てくるセルフすりおろしワサビじゃないぞ？　転生前、浄蓮《じょうれん》の滝《たき》で食った新鮮ワサビと遜色ない、あの突き刺すような辛さ！

「これはな、調味料になるんだ。醤油との相性は抜群。この、マヨネーズに入れても美味い。それから刺身。刺身の生臭さを消してくれる、ありがたーい代物」

「なんですって」

美味いと聞いて前のめりになったプニさんは、いそいそと食べる準備。白いハンカチを前掛け代わりにし、さあさよこせと目を輝かせた。

でも、どうせなら美味しく食べていただきたい。そう思った俺は鞄の中から採れたてぴちぴちの巨大魚を取り出し、クレイに頼んで三枚おろしにしてもらう。一口サイズに小分けをしてから醤油に少量のワサビを溶かし、それを刺身にまんべんなく振りかける。ワサビが気に入れば、各々追加してもらってかまわない。俺はたっぷりつけるのが好きだ。

あっ、お茶漬けにもワサビ入れられるじゃない。酢漬けにもできる。やだ夢は無限に広がっちゃう。

「……むっ」

「ピュ？」

ワサビ刺身を口に入れたプニさんは、真剣な顔をしてゆっくりと咀嚼。時々ぎゅっと目を瞑って何かに耐えるように嚥下をすると――

「何をしているのです。もっとよこしなさい」

プニさんのこの言葉により、興味を持っていた小人族とオグル族たちが一斉に群がった。

生魚は食えるのかと問う前に、食えるものならなんだって食ってやるという飢餓状態が続いた彼らは、一切の戸惑いを見せずに刺身を口に。

硬直のあとの狂喜乱舞っぷりは言うまでもないだろう。辛いけど美味い、美味いけど辛い、だけど食えると大喜び。

そのまま宴会になだれ込み、俺たちは翌日まで騒ぎまくったのだ。

＋＋＋＋＋

そして翌日の早朝――

「べろべろべろべろ」

「ピュイイイィッ！　ピューイーッ！」

「わんわんわんわんっ！　べろべろべろべろ」

「ピュイイィィ～～～、ピュイイイィィ～～～」

何かと何かが俺の顔を巡って奪い合っている。くさい。

なんなの。もっと穏やかに目覚めさせてくれないの。

そもそも昨夜は、というかさっき寝たばかりじゃないか。

空が明るくなるまで宴会が終わらず、俺は延々とおさんどんしていたっていうのに。許さん。特にクレイとブロライト。途中からオグル族と酒の飲み比べをはじめやがって。手伝えっての。もっと俺をいたわれっての。

やっとさあ、極寒の日々が終わってさあ、暖かな春の陽気に眠気も最高潮なんだからさあ、寝坊ぐらいさせてくれ。

「わんっ！」

「わん。わ……ん？」


ビーの鳴き声じゃない。こんな犬みたいな鳴き声、聞いたことがない。合同村で犬を飼っていたなら、俺は真っ先に撫でに行くはずだ。

俺の頭にしがみ付いて泣きじゃくるビーを宥めようと手を伸ばしたら、触れたのはもっふりとした感触。

え。いつの間にビーに毛が。

「冬毛か？」

それにしては生えるの遅すぎじゃね？　いやそもそも爬虫類っぽいビーに毛が生えてくるのか疑問に思い、目を開けたらば——

「わふっ。べろべろべろ」

真っ白な仔犬が俺の顔を舐めていた。

何これ。

「ピュイイイィ〜〜」

「あーはいはいはい、泣くなビー。なぜに泣く。ちょっと落ち着け。なんなの。どしたの。ていうかビー、お前臭いな」

「ピュイィ」

ワサビ採取のあとで風呂に入れない苛立ちを抑えつつ、ちょっと匂う合同村の連中を含めて清潔《クリーン》をぶちかましてやった。おかげで特有の汗臭さはなくなったけど、ビーは既に臭いと。代謝がすこぶる宜しいのだろう。

よっこらせと上体を起き上がらせると、周りには酒臭い連中が屍累々《しかばねるいるい》。明け方まで飲んだくれていたようだから、こりゃ昼過ぎまで起きないだろうな。

元気に起きているのは子供たちと、酒を飲まなかった連中と、酒に強かった連中。

そして、俺の膝の上には真っ白いワンコ。ふさふさの毛につぶらな瞳、ちぎれんばかりに振られたもっふり尻尾が激しく俺の足を叩く。

なんだろこいつ。毛の長い柴犬？　丸いフォルムがむちゃくちゃ可愛いな。

「わんっ！」

「おう。お前、どこから来たんだ。森に住んでいたのか？」

「わふん」

ううむ。

意思の疎通はできるようだ。ワンコの言おうとしていることが理解できる。なんとなくだけど。

人懐っこい犬がいたら触っておけ。飼い主が傍にいる場合は、飼い主の許可を得てから触ること。

愛犬家の同僚、佐々木君が口をとんがらせて言っていたっけ。

もっふり白犬を心行くまで撫でまくっていると、頭上で拗ねるビーが俺の頭皮を引っ張りはじめた。これ以上ビーの機嫌を損ねると面倒、いや可哀想だな。俺の頭皮が。

「タケル、起きたのか！」

「ああはい、起こされました。おはようさん」

「うん、今日も良い天気なのじゃ！　祭壇跡地の雪もすっかり消えたようじゃ！」

「そりゃ良かった」

宴会場になっている合同村の広場は、そのまま簡易宿泊所と化していた。もっとも、心地よい布団はなくて青々とした緑の上に寝るだけ。

三樽くらいぺろりと麦酒を飲み干していたブロライトが、土鍋を片手に抱えてテンション高め。口周りに米粒を付けたままということは、既に朝食は済ませたのだろう。

「雪解けの水が川に流れたせいで、少し水量が増しておる。じゃが、川魚も戻っているようじゃ」

話しながら抱えていた土鍋を俺に見せたということは、米の追加をしろということだな。

今朝までの宴会で鞄から出した食材はほぼ尽きた。残りはカニと野菜と肉と魚と……カニは俺たちだけのお楽しみにしておくとして、調味料が足りないかもしれないな。鞄に入っているぶんを全部出すとして、ベルカイムまでの転移門《ゲート》を作ってから村の修復をはじめて、それから巨木を伐採させてもらって風呂釜造って、全員に風呂の素晴らしさを力説してそれからそれから――

「わふっ」

ああそうだ。

「ブロライト、こいつどうしたんだ？　森から来たみたいなんだけど、村の誰かが飼っているのか？」

「何を言うておる。そやつは幼生《ようせい》じゃ」

「妖精？　リベルアリナみたいな？」

「ぬ？　リベルアリナは精霊王じゃろう？　そやつは違う」

「わん」

「そやつはオーゼリフじゃ」

はい？

なんて？？

13　大団円、そして

マデウスにおいて神という種は、基本的に不老不死である。

どこからか生まれ出て、どこかで存在していて、その場所になんらかの影響を及ぼす。

魔素を糧《かて》とし、魔力を用いる。力ある神は大地を守護し、その地に息づくものを見守り、慈しむ。

日本の土地神と違うところは、精神体ではなく確かに存在するということ。人の姿を借り、人と言葉を交わす神もいるのだけど。

「わふん」

まさか成体だった狼が、俺のことを食い殺さんと威嚇していたあの巨大狼が、誰をも魅了するちびっこワンコになるなんて。

聞いてない。こんなの知らない。びっくりどっきりトンデモマデウスなんでもあり、っていってもだな。

……美女が馬になる時点で、俺の常識は消え失せたはずなんだけども。

「ブロライトさん、ちょっと待て。これはワンコでしょう？　どう見ても犬じゃないか」

「犬じゃな。犬に見えるが、確かにオーゼリフなのじゃ」

白くてぽわぽわしているもっふりワンコを見下ろし、ブロライトは何を言っているんだと眉根を寄せる。

ブロライトは結論だけ先に言って、過程を端折《はしょ》る癖がある。これは俺の聞き方が悪い。

改めてこの犬がオーゼリフだという理由を聞くと、今朝の出来事を教えてくれた。

宴会で酔いつぶれなかった面々が、日課としていた卵の祭壇に赴いたらしい。ドカ雪が降るまでは祭壇に通っていたため、久しぶりだなと掃除を兼ねて供物を届けに行った。

卵は真ん中から真っ二つに割れてしまったが、新たに祭壇を造ろうということになった。この森はオーゼリフが守る聖なる地、きっとオーゼリフもくつろげる家が必要。さて割れた卵は邪魔だなと片付けようとした時――

この小さな犬がひょっこり現れたと。

「それで？　この犬がオーゼリフだという根拠は？」

「プニ殿が言うたのじゃ。オーゼリフが穢《けが》れた古き身体を捨て、新たなる身体に宿ったのじゃと」

「なにそのミラクル転生」

神様ってそんなことまでできるの？

古代狼《シグリドウォルフェイウス》と同じ古代神である古代馬《アルタトゥムエクルウス》が言うのだから、間違いはない。間違いはないだろうけど、あの馬神様は自分のいいように解釈したりでまかせ言ったりすることがあるからなあ。全面的に信用するのもなあ。

敵意剥き出しで俺のことを食い散らかしてやろうって目で見ていたあの巨大狼が、どうやったらこんなつぶらな瞳のワンコになれるわけ？

ともかく、この犬がなんであれ可愛い。

「ピュイイィ～～～、ピュイイィ～～～」

ビーは相変わらず俺の背中に張り付いて、涙と鼻水と涎《よだれ》でローブをべっしょり汚している。まるでアタシとその子、どっちがいいのと嘆く乙女だ。

まったく、比べるまでもないだろう。共に旅をしてきた大切な相棒と、ぽっと出てきた神様とどっちがいいかなんて聞くなよ。

これはローブを一度洗濯をしないとならないな。清潔《クリーン》で綺麗にするのもいいが、せっかくだから近くの清流で洗いたい。雪解けの綺麗な水らしいから、飲み水として大量に確保するのも忘れないようにしないと。

さて、いつまでもビーの嘆きに付き合っているわけにはいかない。いつから起きていたのかわからないが、ビーは泣きながら船を漕ぎ出した。眠くて泣くって赤ん坊みたいだな。

ビーを引っぺがしてローブを脱ぎ、ローブでビーを包み込んでその場に寝かす。朝飯兼昼飯ができあがる頃には起き出すだろう。

さて、昼飯は何がいいかね。

＋　＋　＋　＋　＋

雪が綺麗に消えた森は、山菜天国になっていた。

オーゼリフの影響なのか、悪い魔素が消えた影響なのか、今までに見たことのない植物で地面が覆い尽くされている。

ゼンマイのようなペロペロキャンディのような形をした山菜に、人のゲンコツみたいな姿をしたキノコ。これは香りがとても良いのでゲンコツトリュフとでも呼ぼうか。パスタ料理に入れればきっと味が深くなるだろう。

山菜はてんぷら、お浸し、漬物にしてもいいな。

「うお！　エプララの葉っぱでけえ！　こっちは月夜草《つくよぐさ》の群生！」

薬効成分が多そうな薬草も辺り一面に生えており、俺は目を輝かせながら嬉々として採取した。なかには毒の成分が増した毒キノコもあり、これはこれで加工によっては薬になるため採取しておくことにする。クレイの頭ほどある大きさの毒キノコにテンションが上がり、複数個採取。トルミ村の雑貨屋ジェロムに見せたら叱られるんだろうなあ。そんな猛毒持ち歩くんじゃねぇって。ふひひ。

「さて、他に食えるものは」

「わふん。わんわんっ」

「うん？　それも食えるのか？」

白わんこオーゼリフがこっちにもあると先導をしてくれるから、探査魔法《サーチ》を使わなくても目的のものを探すことができた。白わんこ、優秀。

ところでこのオーゼリフ、まだ幼生のままだから言葉を話すことができないらしい。プニさん曰く、人の言葉は理解しているため意思の疎通は可能とのこと。

わんこと会話ができるって、なんて幸せ――なんてビーに言ったら、むくれてわめき散らすだろう。

眉毛ワサビもたくさん採取できたし、ますます料理の幅が広がるってもんだ。

ベルカイムに行ったら、屋台村代表のヴェガさんと料理開発をしてもいいいな。


新鮮な山菜やキノコを大量に持ち帰り、昼食を作ることにした。

俺が大量のニンニクを刻む傍ら、スッスは通信石を使いエウロパに連絡を取った。

魔素の影響だかなんだか知らないが、オーゼリフが正気に戻ったことで通信石を無事使うことができた。

エウロパの受付主任であり俺たちに指名依頼を出したグリッドは、良かった無事だったんですねと安堵の声を出したかと思えば——

連絡はこまめにしろとあれほど言ったじゃないですかと、スッスに向かって怒鳴りはじめた。怖いっすグリッドさん。

そもそもダヌシェに到着した時点でギルドに報告しなければいけなかったのに、スッスは帰郷できる喜びに満ち溢れギルドをスルーしていたらしい。ギルド職員としてあるまじきとグリッドに叱られ、スッスは正座をしたまま何度も謝罪。

通信石から聞こえるグリッドの声の後ろには、聞いたことのあるギルド職員の声が多数。無事で良かった、早く戻ってこい、土産忘れんな、などなど。

報告義務を怠ったスッスは消沈《しょうちん》していたが、同時にエウロパの皆に心配されていたと知り涙ながらに笑った。

「ううう、良かったっす！　戻ったらすぐに仕事だ、って言ってくれたっす！」

スッスはクビにされるんじゃないかと心配していたが、貴重な隠密技能《ハイズスキル》保持者を易々とクビにするわけないって。俺が何度言い聞かせても、「そんなわけない」と言って頑なに反論していたからなあ。

そもそもギルドは有能な正社員勧誘に余念がない。不慮の事態で報告ができなかっただけで、スッスのクビを切るほど人材が溢れているわけじゃない。

静かに怒るグリッドさんが怖いのはわかる。俺は怒られたことないけど。

通信石を俺に戻したスッスは、心底安心したのかその場で横になって眠ってしまった。このぶんじゃ、不安でよく眠れていなかったのだろう。

「タケル、昼飯は何にするつもりじゃ」

「そうだな。大皿料理なのは致し方ないとして、香草の焼き肉。それから照り焼き肉ととろろの丼も付けるかな」

「眉毛も付けてくれ！」

「ワサビって言ってね」

合同村にある全ての鍋を広場に集め、一気に米を炊く。

オーゼリフと戦った時に倒したモンスターの肉をさばき、確実におかわりができるだろう量の照り焼きを作成。なんちゃってめんつゆとニンニクで炒めるだけの簡単手抜き料理です。

王様の森で採取した山菜を塩ゆでしワサビ醤油で和えたものと、とろみのあるイモを刻んで丼の上に添える。

肉も食えて野菜も食べられる、贅沢な照り焼き丼の完成だ。

トルミ村で貰ったコンソメスープの素に刻んだ玉ねぎを大量に入れれば、立派なオニオンスープ。

食欲をそそる匂いが辺りに立ち込めると、雑魚寝していたやつらが一人、また一人と起き出してきた。

小人族の料理得意な面々の協力により、山盛りの昼食はあっという間にできあがる。やはり料理に慣れた人の助けはありがたい。

これで鞄の中に入っていた調味料は全て使いきった。合同村に砂糖と塩はあるけれど、残りは少ない。それよりも胡椒と醤油が切れた。胡椒はともかく、醤油がなければ俺は死ぬ。いや、蒼黒の団全員の死活問題だ。特に馬の神様からの文句がやかましくなる。

昼飯を食い終わったら転移門《ゲート》を繋げよう。トルミ村に。

「オーゼリフは己を蝕《むしば》む異変に気づいていたのです。おそらく、ずっと昔から」

一升飯をぺろりと平らげたプニさんが、ハデ茶をゆるりと飲み込んで一言。

満足げな微笑みを浮かべながら続けた。

「我ら神は悠久《ゆうきゅう》の時を生き続けるのです。ですが、わたくしのように力を奪われ弱りし神は、ただただ耐えなければなりません。わたくしは身を石に変え、力の源である湖に清浄なる力が戻るのを待ち続けました。オーゼリフも同じこと。異変を感じ、己の身体が蝕まれる前に新たなる力を蓄えたのでしょう」

珍しく饒舌《じょうぜつ》に語るプニさんは、仔犬と化したオーゼリフを満足げに見下ろす。オーゼリフは尻尾を激しく振り、プニさんの激しい撫で回しにも喜んでいるようだ。

プニさん曰く、あの卵型の巨大な祭壇が力を蓄えていたらしい。だがしかし、小人族が知らずに内部を掘って祭壇を造ってしまったがために、淀んだ魔素が溜まるようになってしまった。

その淀みをプニさんが浄化したため、なんとか新たなる血肉に魂を移すことができたと。

オーゼリフにとってはプニさんが命の恩人。プニさんはそのことが嬉しくて嬉しくて、さっきから言葉を話さない仔犬に向かって感謝しろとしつこく話している。

小人族は良かれと思って祭壇を造ったんだ。それがオーゼリフの暴走に繋がったのだとしても、きっとオーゼリフは恨んでいないだろう。

「【俺たちは飢えたおかげで小人族と知り合えたんだぜ？　アイツらと知り合えなかったら、甘い菓子なんざ知らなかったままだ。きっと、生涯食えなかっただろうよ。それによ、オメェらとも知り合えたじゃねぇか。ぱねぇだろマジで】」

オグル族の青年戦士ググは小人族を責めることは一切せず、凛々《りり》しい顔でそんなことを言ってくれた。

種族最大の危機ではあった。だがしかし、それは更なる強さをもたらしてくれた。これもきっとオーゼリフの思し召《おぼ》し《め》。神の試練であったに違いないと、オグル族たちは豪快に笑ってくれた。

これに涙したのはクレイであり、暑苦しく感動していた。

「おいらたちも経験できないことを経験させてもらったっす。村にあんな雪が積もるだなんて、面白かったっす！」

「王様は怖かったっすけど、なんとかなったっす！」

「世界にはもっと怖いこともあるんすよね？　だったら、おいらたちは村にいながらそれを知れたんすよ！　すごいことっす！」

「雑炊《ぞうすい》もっと食いたいっす！」

あくまでもポジティブ思考の小人族たちは、祭壇については反省をしながらも過酷体験については概ね楽しんでいたようだ。この考え方、本当に羨ましいし見習いたいものだ。

オゼリフ半島に春が来て、森に動物も戻った。しかしオグル族はこのまま小人族を守護する役目を続けると言い、合同村を大きくする計画を立てていた。

＋　＋　＋　＋　＋

昼飯も食べて全員が満足したところで、リピたち地下墳墓《カタコンベ》の住人を送る時が来た。

小人族もオグル族も別れを惜しんだが、一生逢えないわけではないからとリピに諭されていた。いや、転移門《ゲート》を繋げるのは俺なんだけどね。ついでにトルミ村への転移門《ゲート》も作って、数人を留学させる予定だ。

優しい村に滞在しエルフ族やドワーフ族らとの交流をすれば、互いに新たなる発見があるはず。小人族にレインボーシープの繁殖方法を教え、オグル族はトルミ村警備隊に入ってもらおう。そうしよう。働き手が増えれば米の収穫量が増えるぞ。ふひひ。

「それじゃあタケル、またいつでも呼んでちょうだいよ」

「それはもちろん。リンデ、レザルもありがとう。次はトルミ村に呼ぶから、その時はよろしく」

リピと握手をし、リンデとレザルには魔素水の入った大樽を託す。

「久しぶりに大斧《あいぼう》を振り回すことができた。俺こそ礼を言わせてくれ」

「お前タちこそ、いつでもカリディアに来るとヨい」

三人はブロライトとクレイとも握手を交わし、俺が開いた転移門《ゲート》へと消えていった。

開いた転移門《ゲート》の先にはキノコグミがたわわに実っており、ふらふらと引き寄せられるプニさんを必死に止めてゆっくりと転移門《ゲート》を閉じた。

「わんっ！　わんわんわんっ！」

転移門《ゲート》が閉じるのと同時に、オーゼリフが何かに気づいて鳴きはじめた。

「ピュ……ピュ？」

腹いっぱいになって再度ローブに丸まって眠ってしまったビーも、寝ぼけながら起き出した。

すっかり平穏になった合同村になんの危機が迫っているんだと、俺は全く警戒することができなくて。

クレイとブロライトも、プニさんすら——気づけなかった。

その存在に。


「我が右目に宿りし深き闇よ……」


俺は鞄を持っていなくて。

ローブを脱いだままで。

転移門《ゲート》を閉じたらワサビを採取しに行こうかと考えていて。


「混沌たる大地に安穏の眠りを」

気楽で身軽で無防備なまま。

意識を失うこととなった。

13・5　番外編　ギルド職員の日常

商業都市ベルカイムに存在する、唯一の冒険者組合《ギルド》「エウロパ」。

アルツェリオ王国王都エクサルにも負けず劣らずの猛者《もさ》たちが所属する、地方領では珍しいほど活気のある巨大な組織だ。

エウロパの歴史は古く、ベルカイムが小さな町だった頃から存在していた。

初代領主ルセウヴァッハ伯爵には先見の明があった。

グラン・リオ大陸の最北端にもかかわらず、獰猛で厄介なモンスターが跋扈《ばっこ》する地であるルセウヴァッハ領は、アルツェリオ王国未開の地と言われ、恐れられていた。

だがしかし、初代領主はそこに目をつけた。

未開の地ならば、他にはない魅力がきっとあるはずだと。

モンスターが多数確認される地というのは、それだけの危険を伴う。だが、モンスターというのは人の命を脅かすだけの存在ではない。ある種のモンスターは大地を肥沃な地に変え、芳醇《ほうじゅん》な魔素を育《はぐく》む。

モンスターは強ければ強いほど大量の魔力を放ち、放たれた魔力を吸収した土地は力強い魔素を放ち続ける。質の良い魔素があれば、質の良い作物が育つ。

そうして初代領主は危険な地に自ら赴き、土地を耕し、モンスターと対峙し、民と同じ釜の飯を食べ、小さな町だったベルカイムを少しずつ大きくしていったのだ。

町が大きくなれば人が集まる。人が集まればモンスターも活性化し、冒険者たちの出番というわけだ。

ギルドエウロパは、初代領主に言われるまでもなく、これから更なる発展を遂げるであろうベルカイムに居を構えた——

＋　＋　＋　＋　＋

壁にかけられていた肖像画に目を移した狐獣人のグリッドは、矍鑠《かくしゃく》としたその姿を見て目を細めた。

この歴史を聞かせるのはもう何度目だろうと、もの言わぬ肖像画に向かい苦く笑う。

「初代領主様は冒険者のような人だったんですね」

ベルカイムの歴史を話聞かせていたうちの一人、前列の椅子に腰かけていた鳥獣人の少女が目を輝かせて呟いた。

座しているほとんどの聴講生たちが同じような顔をしている。

グリッドはモノクルの位置を直しつつ、頷いた。

「貴族にしては大らかで、そしてとても冒険心があったと聞いております」

民と肩を並べ、民を慈しむ領主は、当たり前そうであってそうではない。

特に地方領を任された領主は、王都から離れていることをいいことに、私腹を肥やすことに余念がないのが普通なのだ
「ルセウヴァッハ伯爵家は王家のお血筋ではあらせられますが、その威光を利用しようとは考えなかったそうですよ」

「どうしてですか？」

左端の後方に座っていた犬獣人の青年が、挙手と共に質問をした。

グリッドは深く頷くと、会議室の正面に飾られた現領主であるベルミナントの肖像画を眺める。

「初代領主は誰の力も借りず、自らの力と知恵で困難を乗りきりました。そして、初代領主を慕う民の助けがあったからこそ、ベルカイムが発展したのだと言い残しました。ルセウヴァッハ家は初代の教えを守り、民を救い民に救われ、今日があるのだと強く信じているのです」

聴講生らはグリッドの言葉に感嘆し、それぞれに微笑む。

「貴方たちも王都にあるギルドで研修を重ねたからこそ、このギルドエウロパが特殊であることを痛感するでしょう。いいですか？　我らエウロパ職員はルセウヴァッハ家に伝わる助け合いの精神

を忘れてはいけません。互いの足を引っ張り合う王都では足蹴《あしげ》にされるような考えかもしれませんが、それが守れぬようならばエウロパでは働いていけませんよ」

グリッドは鋭い視線で聴講生らを眺め、低く静かな声で忠告をする。

ふと視線を移すと、窓の外ではさらさらと細かな雪が降り、町を白銀の世界へと変えていた。

午後も大通りの雪かき依頼が入るでしょうねと、グリッドは目を細め肩を落とす。

ギルドエウロパでは、春先に向けギルド新職員の研修に余念がない。冒険者が活動を控える冬季に彼らは仕事をはじめ、雪が溶ける春先までに仕事を覚えなくてはならない。雪が溶け出す頃から冒険者たちは活動を開始し、冬季の鬱憤を晴らすかのごとくギルドへと詰めかけるのだ。

冬場のギルドは開店休業状態であり、ベルカイム内でこなせる依頼を受けに来る冒険者が数人、片手で数えられるほどの冒険者が受付にいる程度であった。

だが今年の冬は違う。

「依頼を受けないやつは出ていけ！　邪魔だ！」

事務主任である熊獣人のウェイドの怒声が響き渡る。

三階にあるこの会議室にまで声が轟くのだから、その怒りの大きさがわかるというもの。

グリッドの説明を聞いていた聴講生——新人ギルド職員たちは、慣れないウェイドの怒声に飛び上がるほど驚いた。

窓ガラスに振動が走るのだ。怯えるのも無理はない。

「はあ、また依頼を受けもしない冒険者たちが受付でたむろっているのでしょうね」

グリッドが黒板の文字を消しつつ愚痴ると、新人ギルド職員である鳥獣人の少女ティニが笑った。

「主任、それは仕方がないですよ。今年のギルド詰所はとっても暖かいんですもの」

ティニの言葉に他の新人職員たちが笑い、そうだそうだと賛同。

事実、三階にあるこの会議室ですら寒さとは無縁なのだ。

会議室には大きな暖炉があり、煌々《こうこう》と燃え盛っている。暖炉の側にある鉄製の桶の中には薪が入っているのだが、それは見慣れた薪ではなく、抱えるほどの大きさのクラブ種。このクラブ種は不思議なことに、木製の薪よりも強く長く燃え続ける。

おぞましいクラブ種を燃やすなど、傍目で見れば気持ちの悪い光景ではあるが、この薪になるクラブ種は領主の屋敷でも重宝されているという。

「蒼黒の団ですよね？　このクラブ種を発見したのは！」

「すごいよな、さすがは栄誉の竜王だ」

「あら、エルフの御方も素敵じゃない」

「僕は白の君に憧れるなあ」

雑談がはじまってしまったなと、グリッドは息を吐き出す。

だがしかし、今や王国中の注目の的である冒険者チーム「蒼黒の団」の話をするなというのが無理というもの。

人々は蒼黒の団を真の英雄だとか伝説の勇者の集まりだとか褒め称えるが、その本性を知っているグリッドにとっては耳の痛い話だ。

確かに他にはない稀有《けう》な人材が揃っているチームだが、人々が口にする尊く気高い存在なわけではない。

彼らはただただひたすらに、欲望に忠実で、礼儀正しく。

変わっているのだ。


「いい加減にしねぇと、テメェら全員のランクを下げるぞ！」


再びウェイドの怒号。

そろそろフォローに回らないと、ウェイドは本気で冒険者たちのランクを下げかねない。

ただギルド受付で暖を取っているだけの彼らに、それは酷《こく》というもの。

グリッドは早々に研修を終え、新人職員たちに休憩を取らせた。彼らは暖かいこの部屋で昼食をとることだろう。

本格的な寒気《かんき》が訪れる少し前、チーム蒼黒の団はとある村から妙なクラブ種を持ち帰ってきた。

そのクラブ種は冬場の薪としてとても便利なのだと熱弁され、いいから試しに使ってみろと数体の殻を置いていったのだ。

グリッドもウェイドもギルドマスターである巨人《タイタン》族のロドルすらも、気持ちの悪いクラブ種の殻を見下ろしてそんなまさかと一笑。だがしかし、このまま捨てたら彼らに申し訳がない。どうせならと暖炉にくべてみたところ——

ありえないほど強く、そして長く燃え続けるクラブ種に驚き、翌日にはロドルから彼らが所持するクラブ種の殻を買い漁れと命令されたのだ。


「ウェイド、怒鳴り声が三階にまで響いていましたよ」

階段を下りると、そこには部屋の隅で怯える冒険者たち。見れば年若い低ランクばかり。

怒りに毛を逆立たせた熊獣人のウェイドが、一回り大きな身体のまま振り返った。どうやら怒りは頂点を超えてしまったようだ。

ウェイドの怒りを宥めようとしていただろう数人のギルド職員は、苦く笑いながらグリッドの背中を押す。昼休憩間近のこの時間、受付で待機していた職員は皆小柄。大柄で力も強いウェイドを止める気など端からなかったのだろう。

「ここは待機所でも休憩所でもねぇんだよ！　用がねぇなら隣の酒場にでも行きやがれってんだ」

「金のない者たちに言っても仕方がないでしょう」

グリッドを救いの神だとでも思っているのか、受付でたむろっていた冒険者たちは顔を輝かせる。

だがしかし、ギルドエウロパにおいて一番怒らせてはならないのが、受付主任なのだ。

「さあさあ、暖だけ取って暇を持て余している貴方たち。働きなさい。金を稼ぐためにも大通りの雪かきですね。海翁亭《かいおうてい》や他宿屋からは屋根の雪おろしもあります。それから長屋の清掃、職人街からはくず鉄の仕分け、屋台村からも配達の依頼が出ています」

書類を手にし、次から次へと依頼を確認するグリッドに、冒険者たちは顔色を変えた。

「寒いからと、金がないからとギルドに来られても困ります。ウェイドの忠告を聞かなかった者は共同便所の清掃をしてもらいますよ。それが嫌ならば働きなさい。依頼を受けなさい。金を、稼ぎなさい」

静かに、淡々と。

グリッドの声がギルド内に響き渡った。

＋　＋　＋　＋　＋

「ふふふふ。はははっ」

手で口元を隠しつつも声が抑えられないベルミナナントは、グリッドの報告を聞きながらすまないと思いつつも笑った。

ふっさりとした尻尾をピンと尖らせたグリッドは、応接間の長椅子に行儀よく座《ざ》しつつ、笑い事ではないとベルミナントを咎めた。

午後に雪がやむと、グリッドは領主屋敷へと招かれた。週に一度は領主屋敷を訪れ、ギルドで処理をした依頼などの報告をするのが彼の役目であった。

本来ならばギルドマスターであるロドルの役目なのだが、ロドルは巨人族《タイタン》であるがゆえに身体がとても大きく、領主屋敷にある貴重な骨董品などにぶつかり壊しかねない――というのがロドルの言い訳で、実際のところはただ貴族の屋敷は堅苦しくて息苦しい、という理由でグリッドが代理を担っているのだ。

グリッドは貴族ではないが、一族が様々な貴族に仕えてきた家柄。グリッドも幼少期より社交界の礼儀などを叩き込まれ、どのような場所でも働いていけるよう育てられた。

おかげでギルドという荒くれ冒険者が所属する組織の職員にしては品が良く、物腰が柔らかだと評判になり、貴族と対峙する時は必ずグリッドが応じるようになっていた。

「いやすまない、まさかタケルの自己満足のせいで、そのような問題になっていようとはな」

「まったくですよ」

ベルミナントとグリッドは温かなハデ茶を飲み、その味に思わず微笑む。

ちなみに、エルフ族の伝統的な飲み物であるハデ茶は、市場には決して出回らない極上の代物。

「タケルさんのせいだと言うつもりは毛頭ありません。ありませんが、まさかあのような弊害になるとは。凍えるような寒さだというのに、ウェイドの血圧は高くなるいっぽうです」

「今年の冬も寒いからな。金のない冒険者がギルドに行きたくなる気持ちはわかるつもりだ」

極寒の冬に暖炉のような暖房器具は必須。だがしかし、暖炉がある宿屋は冬季になると割増され、金のない低ランク冒険者が連泊するにはいささか難しい。

だが暖かく冬を過ごせるよう、夏と秋にかけて依頼をたくさんこなし、金を貯めるのが冒険者たるもの。

つまりギルドでたむろう冒険者の多くが、低ランクにかまけて依頼を受けず、ただただ怠惰に日々を過ごしてきたゆえの金欠。

頭を抱えるグリッドを宥めるようにベルミナントは告げる。

「長屋に避難小屋を建設予定だ。あそこならば金のない連中でも暖かく過ごせることだろう」

ベルミナントが手にした書類には、少し前まで貧民街と呼ばれていた町の一角の地図が記されていた。

「ご領主様は人がよすぎるのです。生きる糧《かて》を得ず他者にすがろうものなど、放っておけば宜しい」

「ふふふ。クレイストンにも同じことを言われたな」

しかし、事の発端は、蒼黒の団のリーダーである栄誉の竜王、クレイストンの言葉にあった。

クレイストンがギルドの受付で「寒いのは苦手だ」と言った一言に、エルフのブロライトが「好きか嫌いかで言えば苦手じゃな」と言い出し、白の君こと謎の美女プニ嬢が「それならばわたくしも白だらけの景色はつまらないです」と言った。

プニ嬢の的外れな言葉はともかく、クレイストンとブロライトが苦手な寒さ。そして、素材採取家である蒼黒の団の発起人であるタケルが言ったのだ。「暑すぎるのも寒すぎるのも面倒だよな」と。

面倒。

そのタケルの一言で、ギルドは寒さとは無縁の建物となったのだ。

暖炉にはよく燃えるクラブ種の薪が提供——もちろんギルドが買い上げた——され、老朽化した建物には隙間風を埋めるための建築資材、ハンマーアリクイの糞が。もちろんこれも素材採取家であるタケルが採取してきた。

通りから受付までの道が雪でふさがると歩くのが大変だと言い、タケルは王都で仕入れたらしい「加熱魔石《ヒート》」という高価な魔道具《マジックアイテム》を惜しげもなく提供したのだ。

これは便利だから是非ギルドで販売させてほしいとギルド側から提案したのだが、冬場の冒険者の仕事を奪ってはならぬ、働かず領主の慈悲だけにすがろうとする者を働かせるのだとクレイストンの待ったが入った。売る気満々だったタケルが消沈したのは言うまでもない。

「蒼黒の団による恩恵は素晴らしいな」

この言葉すら数えきれないほど言ったなと、ベルミナントは微笑む。

「あのチームには謎が数えきれないほどあるらしいですが、秘密を暴《あば》こうという気にはなりませんね。開けてはならない扉があるような気がします」

「ふふ。恐れ知らずの我が祖父殿、グランツ卿すら蒼黒の団への追及は不要だと仰《おっしゃ》るのだ。彼らの秘密なぞ、知る由《よし》もない」

「蒼黒の団が他のギルド……いいえ、他の大陸や国に移ろうものなら、大公閣下の怒りに触れエウロパなど消し飛んでしまうでしょうね」

「事実、祖父殿ならばやるだろうな……」

ふんぞり返って悪く微笑むグランツ卿を想像し、ベルミナントは深く息を吐き出した。

なんせ蒼黒の団は、アルツェリオ王国の現国王であるレットンヴァイアー五世が認めた、黄金竜の称号を得た冒険者チームなのだ。

国のお墨付きを得た冒険者チームをよその国へ追いやったなどと知られたら——国はおろかベルカイムの住人、はたまた辺境の田舎村トルミの住人らに呪い殺されるだろう。

名誉ある称号をいただいたというのに、あのチームは何一つ変わらない。

己の欲望に忠実で、食べることが大好きで、礼儀正しくて、義理堅い。

「春を待って北方へ視察に赴く予定だ。タケルは五日間あれば事足りると申しておったが、お前は何か聞いておるか」

「はい？　五日ですか？　……たった五日で北方へ行けると？　北方のどこへ行こうというのです。

まさかトルミ村ではありませんよね」

何気なく口にしたベルミナントの問いに、グリッドは首をかしげる。

ルセウヴァッハ領の最北端、グラン・リオ大陸の最北端に位置するトルミ村は蒼黒の団の拠点がある場所だ。なぜあのような田舎に拠点を構えたのかは未だに謎であるが、彼らはとても居心地がよいのだと言っていた。

「トルミに行くまでにはひと月以上はかかるだろう。まさか蒼黒の団とはいえ、時間を短縮する術などあろうはずもない」

ベルミナントは「ありえないことだ」と笑ったが、グリッドは笑えなかった。

なんせ、蒼黒の団だ。

こちらが考えもしないようなことをしれっとやってのける、常識の通じない相手。

「旦那様、宜しいでしょうか」

応接間に音もなく入ってきたのは、ベルミナントに付き従う執事のレイモンド。顔色を変えず冷静に近寄り、ベルミナントに耳打ち。

ベルミナントはレイモンドの話に頷くと、グリッドに視線を戻した。

「ギルドよりの伝達だ。早急に戻れと」

「わたくしですか？」

「休暇を取っている職員と連絡が取れないらしい」

「……休暇を取っている職員。スッスでしょうか」

嫌な予感がするなと。

グリッドは深く息を吐き出した。

ライトなオタクで面倒くさがりなぐーたら干物女……だったはずなのに、目が覚めると、見知らぬ森の中！　さらには――「えええええぇぇぇぇ？　なんでちっちゃくなってんの？」――どうやら幼女になってしまったらしい。どうしたものかと思いつつ、とにもかくにも散策開始。すると、思わぬ冒険ライフがはじまって……威力バツグンな魔法が使えたり、オコジョ似のもふもふを助けたり、過保護な冒険者パーティと出会ったり。転生幼女は、今日も気ままに我が道まっしぐら！　ネットで大人気のゆるゆるチートファンタジー、待望の書籍化！

◉定価：本体1200円+税　◉ISBN 978-4-434-26774-1

◉Illustration：キャナリーヌ

少年少女四人と共に勇者召喚された青年、安堂彰人。召喚主である王女を警戒して鈴木という偽名を名乗った彼だったが、勇者であれば『収納』以外にもう一つ持っている筈の固有スキルを、何故か持っていないという事実が判明する。このままでは、出来損ない勇者として処分されてしまう――そう考えた彼は、王女と交渉したり、唯一の武器である『収納』の誰も知らない使い方を習得したりと、脱出の準備を進めていくのだった。果たして彰人は、無事に逃げることができるのか!?

◆定価：本体1200円＋税　◆ISBN：978-4-434-27151-9　◆Illustration：おっweee

もふもふと異世界でスローライフを目指します!
Mofumofu to Isekai de Slowlife wo Mezashi masu!
カナデ
Kanade
1~4
転移した異世界は、魔獣だらけ!?
もう、モフるしかない。
待望のコミカライズ!
好評発売中!

ネットで話題沸騰！
アルファポリスWeb漫画
面白い漫画が毎週読める!!
アルファポリスCOMICS
ゲート GATE
自衛隊 彼の地にて、斯く戦えり
原作：柳内たくみ Yanai Takumi
漫画：竿尾悟 Sao Satoru
原作：秋川滝美
漫画：しわすだ
居酒屋ぼったくり
原作 時野洋輔 漫画 古川奈春
勘違いの工房主
アトリエマイスター
原作 アルト 漫画 早神あたか
前世は剣帝。今生クズ王子
原作 山川イブキ 漫画 マツオカヨシノリ
転生薬師は異世界を巡る
人気連載陣
● THE NEW GATE
● 月が導く異世界道中
● 異世界に飛ばされたおっさんは何処へ行く?
● 素材採取家の異世界旅行記
● 異世界ゆるり紀行 ～子育てしながら冒険者します～
● いずれ最強の錬金術師?
● 追い出された万能職に新しい人生が始まりました
and more...
原作 椎名ほわほわ
漫画 六堂秀哉
とあるおっさんのVRMMO活動記
原作：金斬児狐
漫画：小早川ハルヨシ
Re:MONSTER リ・モンスター
選りすぐりのWeb漫画が無料で読み放題!
今すぐアクセス!
アルファポリス 漫画
検索
アルファポリスアプリ
スマホでも漫画が読める!
App Store/Google play でダウンロード!

この作品に対する皆様のご意見・ご感想をお待ちしております。

おハガキ・お手紙は以下の宛先にお送りください。

【宛先】

〒150-6008 東京都渋谷区恵比寿 4-20-3 恵比寿ｶﾞｰﾃﾞﾝﾌﾟﾚｲｽﾀﾜｰ 8F
（株）アルファポリス　書籍感想係

メールフォームでのご意見・ご感想は右のＱＲコードから、
あるいは以下のワードで検索をかけてください。

アルファポリス　書籍の感想　検索

ご感想はこちらから

本書は Web サイト「アルファポリス」（https://www.alphapolis.co.jp/）に投稿されたものを、改稿、加筆のうえ、書籍化したものです。

素材採取家《そざいさいしゅか》の異世界《いせかい》旅行記《りょこうき》8

木乃子増緒（きのこますお）

2020年 2月29日初版発行

編集－芦田尚・宮坂剛
編集長－太田鉄平
発行者－梶本雄介
発行所－株式会社アルファポリス
〒150-6008 東京都渋谷区恵比寿4-20-3 恵比寿ｶﾞｰﾃﾞﾝﾌﾟﾚｲｽﾀﾜｰ8F
TEL 03-6277-1601（営業） 03-6277-1602（編集）
URL https://www.alphapolis.co.jp/
発売元－株式会社星雲社（共同出版社・流通責任出版社）
〒112-0005東京都文京区水道1-3-30
TEL 03-3868-3275
装丁・本文イラスト－黒井ススム
装丁デザイン－AFTERGLOW
印刷－中央精版印刷株式会社

価格はカバーに表示されてあります。

落丁乱丁の場合はアルファポリスまでご連絡ください。

送料は小社負担でお取り替えします。


ISBN978-4-434-27161-8 C0093